Bibliografische Information der Deutschen Nationalbibliothek: Die
Deutsche Nationalbibliothek verzeichnet diese Publikation in der
Deutschen Nationalbibliografie; detaillierte bibliografische Daten
sind im Internet über dnb.dnb.de abrufbar.

2. Auflage 2018

Herstellung und Verlag:
BoD – Books on Demand, Norderstedt

ISBN: 978-3-7528-6243-0

RUDOLF G. BINDING

WIR FORDERN REIMS ZUR ÜBERGABE AUF
Anekdote aus dem Großen Krieg

1935

Geschrieben in Herbsttagen 1934

Am 2. September neunzehnhundertundvierzehn forderten ein junger Hauptmann und ein kriegsfreiwilliger Unteroffizier, wie es deren damals viele in der deutschen Armee gab, die französische Stadt Reims zur Übergabe auf.

Der Krieg, der nachdem mehr als vier Jahre die Welt erschütterte, war in diesen Tagen noch jung. Ein unvergleichlicher Vormarsch von Sieg zu Sieg, von Stadt zu Stadt, fast hemmungslos, beschwingte die deutschen Armeen. Die Soldaten trugen noch die Blumenkränze und Laubgewinde auf den Helmen, mit denen sie die Heimat beim Auszug geschmückt hatte. Waren die Kränze auch im Brand der Augustsonne und im Staub der Märsche längst verwelkt, so waren sie doch noch frisch als Gabe und Andenken in der Erinnerung der Männer, wenn sie unter ihnen dahinschritten. Die Lippen der Jünglinge waren für immer gezeichnet von den stürmischen Küssen der Mütter und Mädchen, mit denen sie die Ausziehenden weihten und Gott befahlen. Die Jugend eines ganzen Volkes glühte in allen. Mann und Offizier waren in gleicher Weise entflammt.

In dieser Verfassung traf die deutschen Heeressäulen, die in nicht gebrochener Folge, Armee hinter Armee, gleich einem riesenhaften gegliederten Pfeil an der linken Flanke des Gegners vorbei ihren Weg durch Belgien genommen hatten und die französischen Streitkräfte bis in den Norden von Paris überflügelten, der Befehl, den Vormarsch nicht mehr in dieser Richtung fortzusetzen. Die Umfassung des Feindes schien zu genügen. Die neuen Stoßziele der deutschen Heere lagen im Innern Frankreichs. Die ersten großen Schlachten wurden geschlagen. Nach der

Schlacht von St. Quentin erhielt die siegreiche Zweite deutsche Armee die Marschrichtung auf Paris.

Am Abend des 1. September las ein junger Hauptmann, wie es seine Pflicht war, den Armeebefehl. Er war der Rangliste nach der jüngste Hauptmann im Generalstab der Armee und als solcher dem Stab des Gardekorps zugeteilt, das dem Verband jener Zweiten Armee angehörte deren Marschziel Paris war.

»Das Gardekorps«, liest der Hauptmann, »entsendet einen Parlamentär nach Reims und fordert die Festung zur Übergabe auf.«

Der Hauptmann hält inne. Er erschrickt in sich. Er kann mit Sicherheit annehmen, daß ihm der Auftrag zufallen werde. Man weiß, daß er des Französischen mächtig ist. Das genügt fast. Die anderen Offiziere des Stabes sind ihm, soviel er es beurteilen kann, darin unterlegen. Der Kommandierende General ist nicht der Mann, erst lange bei den Truppen nach einem Geeigneteren Umschau zu halten, der diesen Auftrag übernähme. Er macht keine Umschweife. Er schickt den ersten besten. Der junge Generalstabsoffizier aus seinem Stab ist der erste beste.

Das sieht der Hauptmann schnellen Blickes und heißen Wunsches voraus. Und er erschrickt von neuem. Er erschrickt vor Freude und Verantwortung.

Er ist daher auch nicht im mindesten erstaunt, als der Kommandierende ihn noch in der Nacht zu sich befiehlt. »Sie fordern morgen Stadt und Festung Reims zur Übergabe auf, Herr Hauptmann«, sagt der Kommandierende General. Er legt diesen Worten nicht mehr Gewicht bei, als wenn er den Offizier beauftragte, den Gouverneur der Stadt freundschaftlich zu einem Frühstück einzuladen. – »Eine Vergnügungsfahrt, um die Sie mancher beneiden wird.«

Der Generalstabsoffizier schweigt. Es könnten Bedingungen der Übergabe gemacht werden, es könnten Verhandlungen nötig werden, hat er sich überlegt. Reims preiszugeben! Nur die Hauptstadt Frankreichs kann sich an Würde Ruhm und Glanz ihm vergleichen. Er fordert nicht nur die Übergabe einer befestigten Stadt, er fordert ein Juwel des Landes.

Er nimmt nach seiner Art die Dinge nicht schwerer als sie sind. Auch er kommt sich beneidenswert vor. Aber sein Auftrag scheint ihm zugleich verantwortungsvoll und groß. Wenn er mißlingt, kostet es deutsches Blut.

Ob er eine schriftliche Legitimation für seinen Auftrag erhalte, fragt der Generalstabsoffizier, der seiner Sendung alles Gewicht zu geben wünscht, das ihr zukommt.

Der General schreibt nicht gern. Ein schriftlicher Ausweis scheint ihm für eine Vergnügungsfahrt, als welche er die seinem Offizier zugedachte nun einmal ansieht, zu viel. »Ich denke, ein preußischer Hauptmann ist vor dem Feinde Legitimation genug«, sagt er, im jungen Schwung der Begeisterung dieser Tage. »Und eine bessere, auf die Sie sich berufen können, haben Sie hinter sich: die deutschen Geschütze.«

Der Hauptmann salutiert. Er solle sich alles Erforderliche, was das Kriegsrecht für einen Parlamentär vorschreibt, selbst besorgen, »die weiße Fahne, den Trompeter und so«, sagt der General obenhin. Ohne seine Druckvorschriften, die den Vormarsch nicht mitmachen, weiß er in diesen Dingen nicht ganz Bescheid.

Am Mittag des folgenden Tages hält ein kleiner, tapfer aussehender Benzwagen mit einem Offizier des Freiwilligen deutschen Automobilkorps auf dem Vordersitz und einem Fahrer neben ihm am Steuer vor einem Haferfeld, in dem das Generalkommando des Gardekorps auf dem Vormarsch in der Richtung nach Reims einen flüchtigen Halt gemacht hat. Daneben steht mit einer zusammengewickelten weißen Fahne in der Hand – einem bäuerlichen französischen Bettuch, das man an einer Lanze befestigt hat – ein junger Kriegsfreiwilliger, ein zum Stabe kommandierter Meldereiter, ein Infanteriehorn auf dem Rücken. Dieser Kriegsfreiwillige hat sich eben in der Schlacht von St. Quentin seine erste Auszeichnung, die Unteroffizierstressen, aus dem Feuer geholt, und ihn hat der Hauptmann ausersehen, den Träger der weißen Fahne und den Trompeter bei seiner Fahrt zu machen. In den Wochen des Vormarsches, bei der Berührung mit der Bevölkerung des Landes, bei den Verhandlungen mit den Bürgermeistern der Orte und bei mancher anderen Gelegenheit hat der Hauptmann bemerkt, daß der kriegsfreiwillige Meldereiter ebenso gut Französisch spricht wie er selber – vielleicht noch besser. Und sein eigenes Französisch kann sich unter Franzosen hören lassen.

»Sie können doch blasen?« hat der Hauptmann nur kurz gefragt. »Verschaffen Sie sich eine Trompete. Es muß ein Trompeter dabei sein.«

Der Kriegsfreiwillige fragt nicht, was es zu blasen gilt. Er braucht eine Trompete. Das ist in der ganzen Armee nicht vorgesehen. Aber er braucht sie doch. Er braucht sie wie sein Leben. Er läuft die ganze Nacht und den halben Morgen bei allen Truppenteilen danach herum. Kein Hornist, kein Trompeter will ihm sein Instrument lassen. Er läuft viertelstundenlang neben den marschierenden Truppen her. Endlich erbarmt sich ein Offizier, dem seine Beharrlichkeit gefällt. »Wenn du mir später einmal erzählst, was du den Franzosen bei Reims geblasen hast«, sagt er und befiehlt einem seiner Hornisten, dem Kriegsfreiwilligen das Horn abzugeben.

So steht denn der Freiwillige wohlgemut und zuversichtlich mit seiner Parlamentärsausrüstung und im Schmuck seiner jungen Tressen neben dem an der Straße haltenden Wagen. Und wenn die goldenen Unteroffizierslitzen auch nur halb um den Kragen gehen – denn sie sind fast ebenso wie das Horn von einem Kameraden erbettelt, der die seinen mit ihm teilte, und hinten fehlt eine gute Spanne – so zeigen sie doch seine Charge, und der Kriegsfreiwillige ist stolz auf sie in der Erinnerung, wie er sie sich verdient hat. Er erwartet den Hauptmann.

Dieser hält es – da die deutschen Streitkräfte in der Nacht und im Laufe des Vormittags sich genügend nahe an Reims herangeschoben haben, um der Forderung, daß die Festung übergeben werde, Nachdruck zu verleihen – an der Zeit, aufzubrechen. Er tritt, gefolgt von einem ganzen Schwarm scherzender Kameraden des Stabes, die dort herumgestanden haben und ihm gute und weniger gute Ratschläge oder übermütige Wünsche mit auf den Weg zu geben für recht finden, Kartentasche und Fernglas lässig in der Hand, die Pistolentasche über den Mantel geschnallt, mit einem fröhlichen und sich befreienden »Also los!« auf seinen Fahnenträger zu, den er mit einer Kopfbewegung auffordert, mit der Fahne als erster seinen Platz einzunehmen. Da bemerkt er, daß sich außer ihm noch ein anderer von den herumstehenden Offizieren in ähnlicher Weise verabschiedet.

Der Generalstabsoffizier hält, nicht wissend, was sich entwickeln werde, in seiner Bewegung inne. Der sich dort aus einem Knäuel von Offizieren unter lauten Reden und Zurufen Verabschiedende kommt jetzt rasch und geradenweges auf ihn losgeschritten.

Er trägt einen mächtigen Kavalleriesäbel mit einem etwas altertümlichen Korb an seiner Seite und gewissermaßen neben sich her, indem er ihn am Griff sorgsam ein wenig hochhebt.

Es ist der Adjutant und persönliche Liebling des Kommandierenden Generals, ein Offizier von nie getrübter guter Laune und der fröhlichsten Unbeschwertheit, dem der Krieg ganz nach seinem Herzen ist. Er hat von seinem Großvater dessen Säbel und eine sehr lebhafte rote Gesichtsfarbe geerbt, die er ohne Bedenken und, man darf annehmen, ohne eigentliche Absicht durch viel Tabak und gehörigen Wein in langen Friedensjahren nachräucherte und nachdunkelte. Er verehrt den Säbel seines Großvaters, der der erste Gouverneur von Metz gewesen war und bei der Einnahme dieser Festung eine entscheidende Rolle gespielt hat, als die einzige Waffe, die ihm ansteht und den Sekt als das einzig vollwürdige Getränk für einen Offizier. Er tut es mit der ganzen Überzeugung, zu der er seine beiden Neigungen dadurch erhebt, daß er sie in sich vereinigt.

Als der Hauptmann diesen Mann erblickt, wie er mit seinem Säbel in der Hand und seiner guten Laune auf dem Gesicht ihm und dem Wagen zustrebt, muß er lachen. »Sind Sie nun der Parlamentär?« fragt er belustigt und doch nicht ganz ohne Grund. Denn der Rittmeister, an den er die Frage richtet, ist dem Range und den Jahren nach bedeutend älter als er. Er hat seinen Ehrgeiz und seine Meriten. Nur daß der Kommandierende ihn als Parlamentär ausersehen würde, kann der Hauptmann nicht glauben.

»Nein! nein!« ruft der Rittmeister begütigend und lachend mit verneinender Handbewegung: »Sie sind der Parlamentär! Ich fahre nur zum Staat mit. Sie müssen doch zugeben, daß ich dabeisein muß.«

Das muß der Hauptmann in gewisser Weise zugeben, aber in gewisser Weise auch nicht. Seit Generationen hat das Geschlecht, dessen Name der Rittmeister trägt, die Armee mit Offizieren versorgt. Sein Geschlecht hat sich bei allen Gelegenheiten hervorgetan oder jede Gelegenheit wahrgenommen, sich hervorzutun. Nun soll er nicht dabeisein, wenn man Reims zur Übergabe auffordert? Er würde sich das sein Lebtag nicht vergeben. Aber dem Hauptmann fällt doch bei, daß er es nicht zugeben dürfe, wenn sich ein noch so verdienter Offizier ohne eine andere Legitimation als die, welche der Adjutant für sich in Anspruch nimmt, in eine ihm, dem Hauptmann allein übertragene und an kriegsrechtlich strenge Formen gebundene Mission einreihe. Der Rittmeister muß eben nicht dabeisein.

Solche Erwägungen durchblitzen den Hauptmann. Aber es findet sich keine Zeit zu einer Erörterung oder zu irgendeinem Einwand. Wer könnte es in der Begeisterung jener Tage einem Kameraden abschlagen, sich mit in eine Gefahr zu begeben? Und als jetzt der Rittmeister dem Hauptmann wie zur Versöhnung die Rechte hinhält und ihm treuherzig zuraunt: »Ich habe mir nämlich den freien Platz im Wagen neben Ihnen vom Kommandierenden General selber ausgebeten«, würde der Hauptmann nur seine eigene Mission in Frage stellen, wenn er weiter zögerte.

»Dann also los!« sagt er. Der Rittmeister sinkt, den geliebten Säbel wie zur Bekräftigung neben sich auf den Boden des Wagens stoßend, schwer und glücklich in den linken Hintersitz, der Hauptmann nimmt den rechten ein, vor ihm sitzt, auf dem kleinen Hilfssitz, die Lanze mit der weißen Fahne fest in der Hand, der Kriegsfreiwillige.

Unter den Zurufen der Kameraden, die ihn umstehen, springt der Wagen mit Heftigkeit in seinen Gang. »Es wird mir niemand verwehren, der erste Deutsche zu sein, der in Reims eine Flasche Sekt trinkt!« ruft der Rittmeister schon in Fahrt mit Überzeugung und blickt eifrig geradeaus.

Sie fahren, als ob es wirklich eine Vergnügungsfahrt sei, wie es der Kommandierende General genannt hat. Als bei Berry-au-Bac der Wagen über die Brücke des Flusses schnellt, entreißt sich ein plötzliches »Hurra!« den Kehlen der fünf Männer. Mit Jauchzen fegen sie über die Brücken in das Bereich der rings auf den Höhen liegenden Forts. In den Ortschaften begrüßen die Einwohner sie mit jubelnden Zurufen. Die Deutschen sehen sich erstaunt an.

»Ah! les Anglais!« schallt es hinter ihnen her.

»Les Russes! les Russes! Soyez les bienvenus! Les Russes! les Russes!« Sehen sie denn wie Russen aus, daß man sie als solche willkommen heißt? Ihre leichten Mützen richten sich im Winde auf und geben ihnen vielleicht ein etwas verändertes Aussehen. Aber immer wieder: »Les Russes! les Russes!« Winken und Zurufe.

Denn die Einwohner der Dörfer glauben nicht anders, als daß die Nachrichten der französischen Zeitungen jener Wochen die Wahrheit seien: die Russen seien in ununterbrochenem Vormarsch und hätten Berlin erobert. Sie halten die Deutschen für die ersten Vorboten des herannahenden Bundesgenossen.

Vergeblich ist die Ausschau der Deutschen nach irgendwelchen Befestigungen; keine Verteidigungswerke, keine Besatzung oder Bestückung der Forts ist zu sichten. Dort herrscht tiefster Frieden. Bei jedem Halt, den der Generalstabsoffizier anordnet, um, im Wagen stehend, sein Fernglas über die Gegend schweifen zu lassen – und er tut es nicht ohne Grund, denn da ihm der Feind nicht die Augen verbindet, will er noch etwas sehen –, muß er es ohne Ergebnis wieder absetzen. Nicht einmal Truppen sind unterwegs. Keine Wache an keiner Straße. Keine Besetzung einer Brücke, eines Bahnhofs, eines hervorragenden Punktes läßt sich sehen oder scheint je dagewesen. Die weiße Fahne flattert unbeachtet im Wind.

Sie haben jetzt links Weinberge von mäßiger Höhe im Blaugrün ihres Laubes vor sich; droben an der langgezogenen Bergterrasse zeigt sich der weiße Kalk in waagrechten Schichten. In der Ebene fließt der Fluß und läuft die Straße.

Endlich – nahe der Stadt – trabt eine Husarenpatrouille sorglos vor ihnen her. Sieben Reiter. Sie reitet der Stadt zu. »Anblasen!« befiehlt der Hauptmann. Der Kriegsfreiwillige greift nach dem Horn, richtet sich im Auto auf und bläst.

Er blies sie mit dem Rufe »Hirsch-tot« an. Er blies sie an, als sei's ein fröhliches Jagen. Denn er kennt nur dieses und ein paar andere weidgerechte Signale und weiß nicht, auf welchen Hornruf in der Welt eine französische Husarenpatrouille deutschen Parlamentären stehen würde.

Aber die Patrouille steht. Es gibt erst ein Köpfewenden und unschlüssiges Einanderzurufen; dann steht die Patrouille. Der Führer, ein Sergeant, kommt herum, hält an dem nun haltenden Wagen, grüßt militärisch und macht ein erwartendes Gesicht.

»Wir sind Parlamentäre«, erklärt der Hauptmann; »führen Sie uns zum Gouverneur von Reims.«

»De quelle nationalité?« fragt der Sergeant, noch immer im unklaren, wen er vor sich hat.

»Allemands.«

»Sabre blanc!« kommandiert der Franzose, und heraus fahren die Säbel seiner Leute. Im Wagen legt der Rittmeister die Hand an den Griff seiner ehrwürdigen Waffe, um zu ziehen. Es entsteht ein erregter Augenblick wie vor zischenden Hieben. Aber die Franzosen setzen die Säbel auf die Schenkel und ›fassen das Gewehr an‹. Während der Sergeant den Revolver zieht, mit ihm in der Luft herumdeutet und seine Husaren zu einer Eskorte vor und hinter dem Wagen zu dreien ansetzt, fragt ihn der Hauptmann fast streng, ob er seine Instruktion kenne. Denn sind die Deutschen auch bis hierher mit unverbundenen Augen gefahren, so erwarten sie doch als Parlamentäre im Angesicht einer feindlichen Festung, der

Gunst des Sehens zeitweilig beraubt zu werden. Aber die Eskorte setzt sich in Bewegung; mit unverbundenen Augen, als ob sie mit einem Ehrengeleit eingeholt würden, fahren die Deutschen, dem räumigen Trab der Reiter folgend, durch die Vorstädte und Festungswerke von Reims.

Sie fahren zwischen Kasernen durch, sie sehen, daß die Festung nicht armiert ist, sie erblicken das Bild eines friedlichen Garnisonlebens: badende Soldaten, alte Garnituren der Mannschaften auf den Leinen nach der üblichen Wäsche, dahinschlendernde Unteroffiziere, Soldaten in Kneipen und Kantinen, die unbesorgten Wachmannschaften, das Fehlen jeder Verteidigung. Nur in den Kasernen wimmelt es von umherstehenden Rothosen, aber alles fühlt sich weit vom Schuß. Das und noch anderes sehen die Deutschen. Sie können nicht umhin, es zu sehn, obgleich es ihnen kaum etwas verrät.

Da plötzlich – wie im Winde vor ihnen hergetragen – kommt eine Erregung in die Bevölkerung, die ihnen noch eben verständnislos nachgegafft hat. Das Gerücht läuft ihnen voraus. Die jubelnden Rufe sind längst verstummt.

Deutsche! heißt es. Gefangene deutsche Offiziere! heißt es. Falsche Parlamentäre! heißt es. Parlamentäre mit offenen Augen! heißt es. Sie mißbrauchen die weiße Fahne! heißt es. Man kennt das! Die Schänder Belgiens – .

Eine fürchterliche Empörung steigt auf. Der Vorgang ist nur zu begreiflich. Dort sieht man sie von den Husaren in die Mitte genommen: gefangen, wie man sie ertappt hat.

Das Volk drängt sich heran. Jeder will seiner Empörung, seinem Abscheu Luft machen. Der Sergeant, der neben dem Wagen reitet und sein Bestes tut, die Menge abzuhalten, wird in seiner Abwehr von Tätlichkeiten nicht verstanden. Die Bewohner der nördlichen Vorstadt sind nicht zärtlich. Bald fliegen die Wurfgeschosse: kantige Blechbüchsen mit zerrissenen Rändern, Steine und stinkendes Obst. Eine Faust fährt dem Rittmeister mitten ins Gesicht. Die Hand des Kriegsfreiwilligen, die den Lanzenschaft der Fahne fest umklammert hält, ist das Ziel von Stockhieben und Faustschlägen.

Und das erste Mal erfahren die Deutschen, welche Greueltaten, die sie beim Vormarsch durch Belgien begangen haben sollen, man deutschen Soldaten nachsagt.

»Eure Soldaten haben Geiseln von den Städten gefordert und ihnen die Augen ausgestochen! Eure Soldaten haben Kindern die Hände abgeschlagen! Eure Soldaten haben Frauen und Mädchen geschändet! Eure Soldaten haben nährenden Müttern die Brüste verbrannt! Eure Soldaten haben wehrlose Bürger ohne Verfahren zu Hunderten erschossen! Eure Soldaten haben Frauen und Greise des eroberten Landes vor sich hergetrieben, um das feindliche Feuer von sich abzulenken! Eure Soldaten haben englische Offiziere gekreuzigt!«

So schreit und speit die erregte Bevölkerung den Deutschen ins Gesicht. Es gibt kein Verbrechen, das ihren Landsleuten nicht nachgesagt wird. Nur der Kriegsfreiwillige, kindlich fast in der Aufwallung gegen die Deutschland angeworfene Schmach und die Verleumdung unbekannter Kameraden, versucht einen ohnmächtigen Widerstand. Als ob er die Wut der Menge übertönen, zur Ruhe läuten könne, schallen seine Rufe, wechselnd in beiden Sprachen, wie die eines Märtyrers zwischen seinen Schmerzen: »Wir Deutschen nicht! wir nicht! – Nos soldats, ah! jamais! – Wir Deutschen nicht! – Nos soldats, ah! jamais.« – Aber sie glauben dem Schwarz ihrer Zeitungen mehr als der reinen Stimme eines Unschuldigen. Wo nicht der den Wagen beständig umreitende Sergeant mit dem Leib seines Pferdes und mit seiner Waffe die Bedränger abwehrt, sind die Deutschen das Opfer der Menge: manchen Hieb, manchen Wurf nimmt er hin, die den Feinden zugedacht waren.

Endlich landet der Wagen unter der Bedeckung der Husaren auf einem kleinen freien Platz. Es ertönen Kommandos. Die Eskorte macht die Front des Wagens frei. Ein Zug Infanterie, von einem Offizier befehligt, fällt in Stellung vor dem Auto das Bajonett. Die Menge klatscht dem Schauspiel und der Haltung ihrer Soldaten begeistert Beifall und wird von aufgestellten Posten zurückgehalten.

Die Deutschen werden von einer Wache aus dem Wagen herausgenötigt, eine Treppe hinaufgeführt und finden sich in einer Schulstube, die das Geschäftszimmer eines offenbar hier rasch hergeworfenen Regimentsstabes abgibt. Man behandelt sie mit aller militärischen Achtung. Man läßt ihnen Zeit, Atem zu schöpfen; sie wissen, nach allem was vorangegangen ist, kaum wie ihnen geschieht.

Dann erscheint der Oberst des Regiments. Er ist ein Mann von vollendeter Schönheit und einem ebenso vollendeten Anstand. Sein Auftreten und seine Bewegungen sind einfach, ritterlich und gewinnend. Der französische Oberst grüßt den deutschen Hauptmann neben seiner weißen Fahne, die der Kriegsfreiwillige im Arm hält.

»Was ist Ihre Botschaft?« fragt der Oberst kurz. Offiziere, die mit ihm eingetreten waren, stehen regungslos hinter ihm.

»Ich habe eine Botschaft an den Gouverneur von Reims.«

»Der Gouverneur ist nicht zu sprechen. Ich werde ihm Ihre Botschaft übermitteln.«

»Dann werde ich also die Ehre haben, Ihnen die Botschaft so zu überbringen, als seien Sie der Gouverneur von Reims«, sagt der Hauptmann nach einigem Bedenken.

»Vollkommen!« erwidert der Oberst.

Kein Laut rührt sich. Allen ist heiß in dem Raum, dessen Fenster geschlossen sind. Der Hauptmann hebt langsam seine Hand zum Rand der Mütze empor. Auch der Oberst, der die Botschaft entgegennimmt, hebt den Arm; aber er führt die Bewegung nicht ganz aus, da der Hauptmann zu sprechen beginnt.

»Ich habe den Auftrag«, ertönt die Stimme des Hauptmanns, »im Namen des Kommandierenden Generals des Gardekorps, Freiherrn von Plettenberg, die Stadt und Festung Reims zur Übergabe aufzufordern.«

Niemand regt sich. Es klingt feierlich und drohend. Er findet es selbst, der Hauptmann. Es klingt fremd und demütigend. Es klingt unerträglich und unerhört im Ohr der Offiziere.

Die Franzosen warten. Hat der junge Hauptmann noch mehr zu sagen?

»Es geschieht, um der Stadt die Beschießung durch unsere Geschütze und die Einäscherung zu ersparen«, sagt der Hauptmann, nach einem versöhnlichen Fortgang seiner Worte suchend. »Ich setze eine Frist bis siebeneinhalb Uhr heute abend zur Annahme der Forderung.«

Die Botschaft ist beendet. Die Hände sinken.

»Haben Sie eine Vollmacht, einen schriftlichen Ausweis für Ihre Person und für die Herren, die Sie begleiten?« fragt der Oberst.

»Sie werden einem Offizier der deutschen Armee glauben, wenn er auf sein Wort versichert, in dieser Mission vor Ihnen zu stehn.«

»Mir genügt Ihr Wort, Herr Hauptmann. Aber es könnten über diese Frage andere Meinungen bestehn –«, erwidert der Oberst und bricht ab.

Es ist der Kommandeur des vierundneunzigsten französischen Infanterieregiments, Oberst Margot.

Die Stunden bis zum Ablauf der gesetzten Frist vergehen den Deutschen in Ungeduld. Sie fühlen sich nach der letzten Äußerung des Obersts nicht mehr ganz sicher. Der Gouverneur, heißt es, sei nicht in der Stadt, sei ausgeritten, stehe nicht zur Verfügung. Diese Meldung erstattet ein Generalstabskapitän, dem die von dem Obersten nunmehr sorgsam schriftlich niedergelegte Übergabeforderung zur Behändigung an den Gouverneur überreicht ist.

Die Frist dehnt sich fast zu ihrer Erschöpfung. Wenige Minuten vor siebenundeinhalb erscheint der Generalstabskapitän wieder und erklärt: der Gouverneur sehe sich außerstande zu verhandeln. Der deutsche Generalstabsoffizier nimmt diese Entscheidung entgegen. Seine Mission ist beendet. Kein Wort fällt. Der Oberst bestätigt dem Gegner den Bescheid auf einem Zettel mit seiner Unterschrift.

Man bemüht sich, die Rückfahrt der deutschen Unterhändler schnell und einwandfrei zu ordnen. Bis zum Weichbild der Stadt wird eine Infanteriebedeckung Schutz und Bewachung der Emissäre übernehmen, denen nunmehr die Augen zu verbinden seien, bestimmt der Oberst; danach soll die Husareneskorte bis zum äußeren Gürtel der Vorposten bei ihnen bleiben. Es wird den Deutschen anheimgegeben, die Eskorte nach ihrem Gutdünken zurückzusenden, wenn sie es an der Zeit fänden. Danach habe ihr Wagen noch einige Minuten zu halten, ehe es den Insassen erlaubt sei, die Binden zu lösen und die Fahrt aufzunehmen.

Der schöne Oberst selbst nimmt für die erste Strecke im Wagen der Deutschen Platz. Er achtet einen Feind, der in ernster Mission vor ihm gestanden hat, und will in schweigender Ritterlichkeit die Unbill wieder gutmachen, die die erregte Bevölkerung der Stadt den Parlamentären angetan hat. Dann steigt er aus, grüßt militärisch und läßt den Wagen mit seinen blinden Insassen an sich vorbeipassieren.

Als die Deutschen in der über ihre Augen verhängten Nacht – nur dem Führer erlaubt man bis zu den vor ihm trabenden Hufen und Beinen eines der Husarenpferde unter seiner Binde die Straße zu übersehen – in die Kühle des Abends gleiten, die sie allmählich umfängt, glauben sie sich glimpflich davongekommen. Die Festung ist zwar nicht übergeben, aber auch nicht armiert oder zu ernster Verteidigung vorbereitet. Hier ist kein starker Widerstand geplant. Dies und manches andere haben sie gesehen – nicht ohne Gefahr, sich einer wütenden Menge in die Fäuste und unter die Knüppel zu liefern. Nur der Rittmeister, der das für die Deutschen herbeigeholte Bier in der Schulstube nicht für Sekt getrunken hat, meint, mit dem geliebten Säbel aufstampfend: »Man wird die Stadt beschießen müssen.«

Da halten die vor dem Wagen trabenden Husarenpferde. Sie befänden sich jetzt auf der Straße nach Berry-au-Bac, ruft der Sergeant in den Wagen hinein, der scharf anhält. Die letzte von seinem Regiment ausgestellte Feldwache und deren Posten seien bereits passiert.

»Dann werden wir hier die vorgeschriebene Zeit halten«, sagt der Hauptmann.

Sie hören die Husaren in der Richtung nach der Stadt zurückgaloppieren. Sie nehmen die Binden von den Augen. Der Wagen springt an und gleitet rasch in ein spinnendes Tempo.

Da gewahren sie, daß ein anderer Wagen mit abgeblendeten Lichtern ihnen folgt. Fast in dem gleichen Augenblick tritt der Fahrer die Bremse: »Halte–là!« hört man vor ihnen rufen. Gefällte Bäume versperren den Weg. Bajonette blitzten. Ein Posten von zwanzig Mann, das Gewehr in der Hand, umringt im Nu den Wagen. Man leuchtet sie an. Sie haben die schützende Begleitung der Husaren zu früh entlassen und sind mitten in einen starken französischen Unteroffizierposten hineingefahren.

Sie seien deutsche Parlamentäre, erklären sie.

»Aber Sie fahren mit unverbundenen Augen durch unsere Linien!« erwidert der befehligende Unteroffizier scharf. »Es gibt ein parlamentäres Geleit.«

Die sie begleitenden Husaren hätten sie eben erst verlassen. Sie beteuern es. Erst daraufhin hätten sie die Binden von den Augen gelöst, wie es ihnen vorge-

schrieben worden sei. – Aber alles das macht keinen
Eindruck auf die sie umdrängenden Feinde und ist
schwer zu glauben.

Er handele nach seinem Befehl, antwortet der französische Unteroffizier. Er müsse sie zum Vorposten-
kommandeur führen. »Es ist nicht weit«, tröstet er.

Die Deutschen haben trotz des Trostes das Gefühl, sich in einer gefährlichen Lage zu befinden. Der
Hauptmann weist den vom Oberst des vierundneunzigsten Infanterieregiments unterschriebenen Bescheid über den Ausgang seines Auftrags vor.

»Das gilt bei uns nicht«, erwidert man. Man sieht
den Zettel kaum an und gibt ihn dem deutschen Offizier geringschätzig zurück.

Mit verbundenen Augen werden die Deutschen die
holperigen Feldwege entlang geleitet. Dann ein Dorf.
Sie merken es an den vielen Stimmen. Sie werden in einem Hof vor einen französischen Hauptmann gestellt,
der nicht zu entscheiden wagt. Die Sache sei ernst.

Man schleppt sie von Abteilung zu Abteilung, von
Befehlsstelle zu Befehlsstelle. Zwischen Geflüster und
leisen Befehlen werden sie wieder gepackt und wei-
tergeführt. Sie erhalten die Gewißheit – indem sie die
Meldungen verfolgen, mit denen sie in dem langen
Weg bis zu einer ihnen noch unbekannten letzten
Instanz weitergegeben werden –, daß sich ihre Lage
von Stelle zu Stelle verschlimmert. Sie sind öfter voneinander getrennt. Sie werden immer wieder vernommen, aber man glaubt ihnen nicht.

»Sie sind beobachtet worden«, sagt ein wohlbeleib-
ter französischer General zu dem deutschen Hauptmann bei einer der Vernehmungen, die, wie es diesem

scheint, in der Kasematte eines Forts stattfindet – und der dabeisitzende Adjutant protokolliert jedes Wort –, »Sie sind beobachtet worden, wie Sie mit dem Fernglas sich über die Anmarschstraßen auf Reims, ihre Beschaffenheit, ihre Befestigung, über die Armierung der Forts, ihre Besetzung, über sich bewegende oder lagernde Truppen zu unterrichten suchten.«

»Ich hätte unbedingt«, verteidigt sich der Hauptmann, »bei dem ersten Ihrer Posten, den ich angetroffen hätte und nach dem ich ausschaute, haltgemacht und mir und meinen Begleitern die Augen verbinden lassen. Es standen aber keine Posten.«

»Oh! ich muß bitten! Ich habe die Posten selbst ausgestellt. Sie wußten sie nur zu umgehen. Sie sind ein sehr gewandter junger Mann von guter Erziehung. Aber es tut mir leid, Sie ohne Ausweis und nach Ihrem Benehmen für einen Spion erklären und dementsprechend behandeln zu müssen.«

»Ich habe Ihre Posten nicht gesehen! Ich kann auf mein Offizierswort versichern ...«

»Ein Spion hat kein Wort«, endet der General.

Bei dieser Eröffnung überläuft es den Generalstabsoffizier kalt. Seine und seiner Begleitung Position ist sehr schwach. Wenn man seinem Wort nicht glaubt, ist er verloren und seine Gefährten wahrscheinlich mit ihm. Der Ausweis als Parlamentär, den der mißtrauische General verlangt, ist nicht zu beschaffen, und alle Geschütze der deutschen Armee, auf die er sich nach der Meinung des ihn entsendenden Generals berufen kann, können ihn nicht retten.

In diesem Augenblick weiß er, daß nichts ihm beistehen wird als sein Offizierstum. Eine unheimliche, kühle und stolze Überlegtheit reckt sich in ihm auf. Er wird die Legitimation ausspielen, die in ihm liegt. Er hat keine andere. ›Ich denke, ein preußischer Hauptmann ist vor dem Feinde Legitimation genug‹ – dies Wort seines Kommandierenden Generals fällt ihm ein; und wenn es auch nur auf eine Vergnügungsfahrt gemünzt war, es ist für den bittersten Ernst gut genug.

Die Nacht wird kalt. Man stößt, schleppt, fährt sie vorwärts. Schließlich werden sie, kaum noch wach, einem Gendarmeriekommando übergeben, das den Befehl erhält, sie für den Rest der Nacht in Verwahrung zu nehmen und in der Frühe an eine geheime Bestimmung weiterzubefördern. Sie seien keine Parlamentäre, sie seien Gefangene, sagt man ihnen, als sie sich wehren, daß man sie fesseln will. Sie werden getrennt gesetzt. Man kettet ihnen die Hände zusammen – ganz nahe, fast einander berührend, weil längere Ketten nicht vorhanden sind. In dieser grausamen Stellung erlaubt man jedem, wie er da ist stehend auf ein Strohlager zu sinken.

Aber sie werden bald wieder hochgerissen. Mit verbundenen Augen in einen offenen, kremserartigen, von zwei Pferden gezogenen hohen Wagen genötigt – jeder einen Gendarmen zu seiner Bewachung auf dem Sitz gegenüber –, werden sie in den noch eisigeren Morgen gefahren der dieser Nacht gefolgt ist.

Die Gendarmen schweigen. Sie haben wohl Befehl zu schweigen. Nur manchmal wirft einer dem anderen ein Wort zu in ihren eigenen Angelegenheiten. Auch die Deutschen schweigen. Sie haben das instinktive Gefühl, sich verdächtig zu machen, wenn sie sich in ihrer eigenen Sprache unterhalten – und es ist ihnen nicht danach. Aber die in Eisen geschlossenen, gestauten Handgelenke reden ihre Sprache. Sie schwellen an, beginnen zu reißen und werden zu einer Folter wildester Art. Da beugt sich einer der Gendarmen vor und deckt den Rand seiner Pelerine, der ihm die Knie wärmt, über die erfrierenden Hände des Kriegsfreiwilligen, der ihm in seinen Qualen gegenübersitzt.

So fahren sie lange. Keiner weiß wie lang. Endlich hinter einem Ort, dessen Name ihnen nicht genannt wird, hält der Wagen gegen die Mittagszeit vor einem hübschen Schloß in einem weiten Park. Man führt sie, noch mit verbundnen Augen, fast erdrückt von den Handtüchern der Soldaten, als die sich ihre Binden erweisen, in das Haus. Die Gendarmen in ihren weißen Silberhelmen – wie sie nun erkennen – nehmen ihnen die Fesseln ab und befreien ihre Augen. Ihre Tritte sind tastend und unbeholfen, ihre Finger blau und lahm, ihr Anzug verdreckt, ihr Haar verwühlt, ihr Gesicht nur notdürftig abgewischt mit den Tüchern, die noch heiß sind von ihren pochenden Schläfen, als sie die breiten und niedrigen Treppen zu einem größeren Raume emporsteigen.

Aber sie blicken wieder um sich. Sie sehen einander. Ihre Hände sind frei. Ihr Schritt wird auf jeder Stufe sicherer. Oben – das wissen sie – werden sie wieder sie selbst sein.

Oben, vor der Tür des Saales, legt der Generalstabsoffizier seinen Mantel ab. Er fühlt sich fast leicht. Niemals standen die Dinge klarer vor seinem Auge. Er fühlt eine seltsame stählerne Unüberwindlichkeit in sich wiederkehren, die ihn nur in Augenblicken äußerster Gefahr überkommt. Seine Spannung, die Gefahr, der Boden einer unmittelbaren Entscheidung lassen ihn aufatmen.

Noch auf der obersten Stufe des Treppenteppichs hat sich der Hauptmann mit einem klaren ruhigen Blick nach denen umgedreht, denen seine Entschlossenheit und seine Zuversicht gilt. Nun betritt er, gefolgt von seinen Begleitern, den Saal.

Sie sehen sich einer großen Zahl von hohen Offizieren gegenüber. An einem langen Tisch sitzt ein älterer General, ein hagerer ruhiger Mann, dessen Gesicht nichts verrät, die Offiziere seines Stabes hinter ihm in den Fensternischen und an den Wänden stehend.

Die Deutschen salutieren. Sie haben ihre Waffen und ihre volle Ausrüstung wieder, die man ihnen für ihr Auftreten an dieser Stelle nachgeführt und zurückgegeben hat. Der Hauptmann steht, seinen Trompeter, den Kriegsfreiwilligen mit der weißen Fahne neben sich, in Reihe mit seinen Offizieren.

Man betrachtet sie mit Hochachtung. Die karminroten Streifen des deutschen Generalstabes und der Ruhm der Waffe tun ihre Wirkung. Keiner der Teilnehmer an dieser Begegnung – und es haben sich, von der Einzigartigkeit des Ereignisses angezogen, durch die offenen Türen hinter den Deutschen noch zahlreiche Offiziere aller Gattungen, Franzosen und Engländer, die wohl den in dem Ort liegenden Truppen angehören oder aus anderen Gründen zufällig anwesend sind, in den Saal begeben – kann die Würde und Korrektheit des Vorgangs in Abrede stellen, zu dessen Beginn der General in einem lautlosen Schweigen, ohne eine einzige Frage oder auch nur ein Wort, mit der von dem Tisch sich aufhebenden Hand das Zeichen und die Aufforderung erteilt, zu reden.

Darauf spricht der Hauptmann. Er spricht die Sprache seiner Feinde. Die Zuhörer bemerken kaum, daß die Klarheit seiner Worte in ihrer Sprache vollkommen ist. Es ist zwar ein Dolmetsch da, aber er wird nicht benötigt.

Der Hauptmann spricht kurz. Die Zuhörer erfahren von ihm nicht mehr als den Inhalt seiner Mission und sein und seiner Begleiter Verhalten dabei. Der Bescheid des Gouverneurs, die Rückführung zur Front und ihre Gefangennahme: er streift sie kaum mit einem verlorenen Wort. Kein Plaidoyer, keine Rechtfertigung, keine Aufklärung ist vonnöten. Hier endet alles allein in einer soldatischen Forderung, die er als Offizier stellt und die ihn sein Offizierstum stellen läßt.

»Ich verteidige nicht«, schließt der Hauptmann die wenigen Sätze, die er an den General richtet, »daß ich mit unverbundenen Augen nach Reims hineingefahren bin und damit – da es der angerufene Husarensergeant zuließ – eine für Parlamentäre vorgesehene Vorschrift verletzt habe. Aber wir sind keine Spione. Daher fordere ich als Offizier gleichwohl – indem ich mein Verhalten zu beurteilen Ihnen überlasse – für mich und meine Begleiter als Parlamentäre, nach den Regeln des Kriegs- und Völkerrechts, die für sie gelten, die sofortige Freilassung und freies Geleit.«

Niemand weiß, welche Erwägungen den General leiten: ob ihm mehr über die Unterhändler bekannt ist, als was er eben vernommen hat; ob für seine Entscheidung von Bedeutung ist, daß inzwischen der Befehl ergangen war, die Festung Reims nicht zu verteidigen, und daß also das, was die Deutschen dort gesehen, als belanglos und kaum als Geheimnis anzusprechen ist; ob er in diesem Augenblick schon weiß, daß die Sachsen des Generals von Hausen im

Anmarsch auf die Stadt sind und somit alle Meldungen, die die Unterhändler noch an den Feind bringen könnten, sich als verspätet und gegenstandslos erweisen würden; oder ob er allein dem Wort des deutschen Offiziers die Ehre gibt.

Jedenfalls hat der General, während eines erwartungsvollen Schweigens, das der Rede des deutschen Generalstabsoffiziers folgt, die Deutschen der Reihe nach einen nach dem andern lange angesehen. Danach hat er – als ob es sich für ihn um wichtigere Dinge handele –, sich schon erhebend, mit großer Ruhe gesagt: »Sie sind zu ihren Linien zurückzubringen.«

Nach diesem Bescheid, den die Deutschen salutierend entgegennehmen, werden ihnen – zwischen den sich schon bewegenden und beredenden Offizieren – von den Gendarmen aufs neue die Augen verbunden. Sie werden die Treppen hinunter in einen Wagen gebracht. Gaffende Soldaten umringen sie. In wenigen Minuten fahren sie eilig nach Norden davon.

Man erzählt sich noch, der Hauptmann habe, nachdem sich der General schon entfernt habe, einem hohen Offizier des Stabes zum Ausdruck gebracht, er wünscht als deutscher Soldat, da jene Husarenpatrouille ihn und seine Begleiter unter großer persönlicher Gefahr vor der Wut einer erhitzten Volksmasse geschützt habe, dem französischen Soldaten als seinem Gegner Achtung und Dank auszusprechen. –

Erst später erfahren die Deutschen, daß sie vor dem Oberkommandierenden der französischen Nordarmee, dem General Langrezac, gestanden haben.

Aber der Wagen, der sie fährt, hat nur Befehl, sie bis in das Bereich der Forts von Reims zurückzubringen. Von dort sollen Truppenteile der Vorposten die Weiterbeförderung übernehmen. Die Wut der Bevölkerung, die sie wiedererkennt, bewirft sie auf ihrem Wege mit Schimpfen und Geschrei. »Vaches! espions! boches! (nie zuvor gehört) renards! filous! à mort! sur le mur!« schallt es um sie her, und nochmals trifft sie aus zielsicheren Schlünden klatschend der Speichelanwurf alter Weiber und knoblauchstinkender Männer.

Als sie den Wagen verlassen und ihnen die Binden abgenommen werden, sehen sie sich – durch Zufall oder Absicht, als ob sie ihm vom Schicksal ausgeliefert seien – zu ihrem Erstaunen wieder dem dicklichen mißtrauischen General gegenüberstehen, der sie gestern den Gendarmen übergeben hat.

Sie blicken sich verwundert und wie in ein Märchenspiel verstrickt an. Während sie aber noch dieser Wiederbegegnung kaum mehr Bedeutung für sich zumessen als die eines seltsamen Mißgeschicks, über das sie schon zu lachen beginnen, sehen sie es vor ihren Augen plötzlich und unvermutet in einen fürchterlichen und kriegerischen Ernst umschlagen.

»Was?« sagt der kleine General »da sind Sie wieder? Und ich soll Sie zu Ihren Linien zurückführen lassen! Das ist doch wohl eine Zumutung seltener Art. Es wird mir niemand meine gut begründete Überzeugung nehmen können, daß Sie Spione sind, auch wenn sich ein anderer General darin irrt. Es gibt in der französischen Armee Gerichte, die das Urteil über Spione finden, welchen Gerichten Sie zur Untersuchung und Entscheidung zuzuführen der General, den Sie meinen, unterlassen hat. Ich werde mich dieser Verfehlung nicht schuldig machen und weigere mich, Sie freizulassen.«

Die Deutschen stehen betroffen vor dem in einer unbegreiflichen Wut auf und ab gehenden lebhaften Manne. Sie wissen nicht, daß sie ihm in einem Augenblicke zur Weiterbeförderung und Geleit nach den deutschen Linien übergeben sind, da ihm aus mancherlei Anzeichen und Befehlen klargeworden ist, daß die Absicht zu bestehen scheint, Reims nicht zu verteidigen. Er schreibt diese Absicht – mit anderen Offizieren der Armee, die in diesen Wochen von der Unfähigkeit französischer Generale sprechen –, wie vieles, was damals an der französischen Front geschieht oder vielmehr nicht geschieht, dem General Langrezac zu.

»Daß ein militärgerichtliches Verfahren gegen Sie nicht eingeleitet ist«, schreit er voll Zorn, »ist eine der vielen Unterlassungen dieses allzu vorsichtigen Generals, die uns den Krieg kosten werden.

Le général doit être limogé! Man muß den General nach Limoges schicken, wohin Frankreich all seine gemaßregelten Generale schickt. Warum übergibt er Sie, die Sie zu fünft mit unverbundenen Augen durch unsere Linien fahren, die Vorposten zu umgehen wissen, überall Ausschau halten, durch keinerlei Ausweis als Parlamentäre legitimiert sind, nicht der militärischen Gerichtsbarkeit? Ich werde zu Ehren Frankreichs diese Mißachtung der Machtmittel des Krieges durch einen General nicht gutheißen. Sie stehen vor mir als Spione, und wenn der General Sie als solche verkennt, so ist das nicht meine Sache. Das Verfahren mag widerlegen, daß Sie Spione sind, und wird Ihren Beweis zulassen, daß Sie es nicht sind. Ich aber verhafte Sie unter dem Verdacht der Spionage und verfahre danach mit Ihnen.«

»Gegen die Entscheidung des Generals, die eben über uns ergangen ist und dem auch Sie unterstehen?« fragt der Hauptmann scharf, finster und schneidend und hält zugleich mit einer Handbewegung den Rittmeister zurück, der, rot und heiß vor Erregung, herausfordernd auf den General zugetreten ist.

»Nicht im mindesten!« erwidert der General gelassener und fast höflich; »nur: die Entscheidung kann ohne ein Verfahren und eine Beteiligung der obersten Kriegsgerichtsbarkeit in diesem Falle gar nicht getroffen werden. Diesem Verfahren werde ich Sie – wenn Sie erlauben: zur Vervollständigung jener Entscheidung – zuführen.«

Die Deutschen sind allzu überrascht und enttäuscht, um sich von ewig gleichen Gegenvorstellungen etwas zu versprechen, und ergeben sich ratlos der neuen Ungewißheit die sie umfängt.

Wieder verfinstern umgelegte Binden ihre Augen, und wieder geht es durch den kalten Abend in umgekehrter Richtung, der Marne zu. In einem kleinen Ort, im stinkenden Ortsgefängnis, erwarten sie stehend ihre Weiterführung, da der Ekel ihnen verbietet, mit ihren Leibern den Boden zu berühren. Am späten Abend erscheinen französische Gendarme, schließen sie mit Handschellen zu zweien und dreien aneinander und fahren sie in eine größere Stadt, wie es ihnen scheint, das Marnetal aufwärts. Noch in der Nacht werden sie einem französischen Militärjuristen vorgeführt werden.

Während dieses ganzen langen Tages, der für sie mit der Auslieferung an die französische Militärjustiz endet, werden die drei deutschen Offiziere und ihre Begleiter an ihrer eigenen Front vermißt. Der General, der sie entsandte, seine Parlamentäre nicht gewahrend, hat zwar am Frühmorgen seine Verbindungsreiter ausgeschickt, soweit sie nach rechts und links ausgreifen können. Aber weder der kleine Benzwagen noch seine Insassen sind irgendwo gesichtet worden.

Gegen Mittag läßt der General deswegen Reims mit einigen Batterien beschießen. Indessen setzt er dadurch nur die Sachsen des Generals von Hausen, die in die Stadt eingeschwärmt sind, in Ungelegenheiten, was ihr Verhältnis zu den Preußen nicht verbessert.

Über seine Parlamentäre ist nichts zu erfahren.

Im weiteren Verlauf der Angelegenheit erschien am 4. September ein Offizier des Stabes des Generals von Bülow in der Stadt und forderte von dem zurückgelassenen Platzmajor die Herausgabe der Emissäre. Der Platzmajor hatte von ihnen nicht einmal etwas gehört.

»Gut«, wurde ihm geantwortet; »wenn sie nicht in einer Stunde gefunden sind, wird die Stadt mit schwersten Kalibern unserer Geschütze belegt und Sie mit zehn Geiseln werden erschossen; außerdem wird von der Stadt eine hohe Buße gefordert werden.« Des weiteren wird erzählt, der deutsche Kaiser habe, als er Kenntnis von dem Ausbleiben der Parlamentäre erhalten, gedroht, dreihundert gefangene französische Offiziere erschießen zu lassen, falls den Parlamentären etwas angetan würde.

Diese Drohungen – soweit sie überhaupt erfolgt sind – haben kein Blut erfordert. Nur die Stadt Reims hat bluten müssen, indem ihr eine Buße von hundert Millionen Franken für die verschwundenen Parlamentäre auferlegt wurde, von denen der Platzmajor nichts wußte.

Inzwischen ist den fünf Deutschen in der Gendarmeriekaserne, wo sie die bewachenden Gendarmen vor ihrer Vernehmung zunächst unterbringen, als Gegenstand besonderer Untersuchung alles abgenommen worden, was sie besitzen: Waffen, Geld, Briefschaften, Karten, Gläser, die Ausweispapiere des Kriegsfreiwilligen und des Fahrers, die weiße Fahne und das Horn.

»Der Säbel meines Großvaters!« sagt der Rittmeister, von einem herben Schmerz erfaßt, zu dem Gendarmen, als er sich von der geliebten Waffe trennen soll, um sie ohne Stich und Hieb ruhmlos in Feindeshand zu geben. »Le sabre du vainqueur de Metz!« stammelt er wehmütig.

Er spricht nicht allzu gut Französisch und vermag das Verhältnis der Waffe zu seinem Großvater nicht genauer auszudrücken, als er es tut. Aber diese Ehre wenigstens soll nach seinem Willen seinem Säbel werden.

»... du vainqueur de Metz!« wiederholt der Gendarm flüsternd, fast andächtig und hält ihn in der Hand. Bewundernden Auges betrachtet er nachdenklich die einfache Waffe: »Le sabre du vainqueur de Metz!«

Nach Abnahme der Waffen und Sachen werden die Deutschen in das Stadtgefängnis überführt und einzeln jeder in einer der regelrechten Gefangenenzellen, wie sie in allen französischen Gefängnissen zu finden sind, zu ebener Erde mit dem Hof, in weitem Abstand voneinander untergebracht.

»Das weitere ordnet Heilbronner an«, hören sie den Obergendarm zu der Wache im Hof sagen, ehe er sie verläßt.

Nach etwa einer Stunde erscheint der Kriegsgerichtsrat der französischen Armee Heilbronner, der offenbar einen großen Ruf genießt. Er ist ein schneller, geschäftiger und eifriger Mann, der aus dem Auto heraus, das ihn herbeigebracht hat, eilig in einem größeren Zimmer neben der Wachstube Platz nimmt, wobei er Akten und Gesetzbücher vor sich hin und her schiebt, bis sie einen ihm genehmen Ort auf dem Tische einnehmen. An das Ende des Tisches verweist er mit einer Kopfbewegung einen mit ihm gekommenen Dolmetscher in himmelblauer Uniform mit Sphinxen als Abzeichen seines Standes auf den silbernen Knöpfen.

»Ich wünsche zuerst die Beschuldigten gemeinsam vorgeführt zu sehen«, sagt der Kriegsgerichtsrat zu dem Wachthabenden. Die Deutschen werden vorgeführt, was unter den lebhaften Blicken des Juristen geschieht, der wie ein scharfäugiger Vogel auf seinem Stuhle sitzt. Darauf sagt er, ein vor ihm liegendes Aktenstück aufschlagend:

»Ich habe Ihnen zu eröffnen, daß, wenn Sie keine anderen Beweise Ihrer Unschuld haben – und es steht Ihnen frei sie beizubringen – als Ihre haltlose Behauptung, Sie seien Parlamentäre, Sie als Spione erschossen werden. Die übereinstimmenden Berichte der Truppenteile, die Sie beobachtet haben und die mir hier vorliegen, der Mangel jeden schriftlichen Ausweises für einen Auftrag von solcher Wichtigkeit, wie Sie ihn behaupten, lassen keinen Zweifel zu. Es ist mir nicht erlaubt, auf Grund der vorliegenden Beweise zu einem anderen Urteil zu gelangen. Auch würde die Exekution bei der Klarheit des Falles sofort stattfinden – das will nach der Handhabung dieses Wortes sagen: morgen um fünf Uhr früh.«

Der Kriegsgerichtsrat macht eine Pause.

»Ich möchte nun«, sagt er etwas weniger straff und eindrucksvoll zu dem Wachthabenden, »die Deutschen nach ihrem Rang einzeln vernehmen. Wer ist der älteste der Offiziere?«

Von ihren Schließern gefolgt, die sie an den kurzen Ketten, die Handgelenke umschlossen, vorgeführt haben, werden der Hauptmann und der Leutnant des Automobilkorps, der Kriegsfreiwillige und der Fahrer in ihre Zellen gebracht.

»On ira vous fusiller!« sagt gutmütig aufklärend der Schließer des Kriegsfreiwilligen zu ihm und zuckt etwas an der Kette, wie bei einem Hund, den man aufmerksam machen will: »Man wird Sie erschießen.«

Der Rittmeister mit der roten Gesichtsfarbe bleibt allein vor dem Tische des Kriegsgerichtsrats stehen.

»Sie sind nicht der Führer dieser angeblichen Parlamentärsgruppe?« fragt der Franzose, einige Aktenblätter umwendend, um eine bestimmte Aufzeichnung zu suchen. »Wenn Sie nicht der Führer sind, welches Amt, welche Funktion versehen Sie innerhalb Ihrer behaupteten Mission? Es gibt im allgemeinen bekanntlich nur einen Parlamentär!«

Der Rittmeister bestätigt, daß der Generalstabsoffizier die Gruppe führe und der eigentliche Parlamentär sei. Er selbst habe keine Mission als Parlamentär. Er sei nur mitgefahren, weil sich die Gelegenheit bot, nach Reims hereinzukommen.

»Also zu Zwecken der Spionage!« beharrt der Kriegsgerichtsrat mit forschendem Blick; »oder aus welchem anderen Grunde denn?«

Der Rittmeister zuckt die Achseln: »Ich bin nur so mitgefahren – ich kann Ihnen das nicht erklären.«

»Sie sind mit unverbundenen Augen gefahren? Sie sind mit unverbundenen Augen ›nur so mitgefahren‹.« Für den Kriegsgerichtsrat ist der Fall klar. Dabei hat er eine gewisse Hochachtung vor dem deutschen Offizier, der sein Verbrechen eingesteht, wenn es ihn auch das Leben kostet.

»Sie werden die Folgen Ihres Verhaltens auf sich nehmen müssen«, sagt der Kriegsgerichtsrat kurz. Es scheinen ihm keine weiteren Fragen erforderlich.

Hierauf wird der Rittmeister abgeführt und der Hauptmann vorgeführt.

»Sie müssen doch wohl selbst zugeben, daß Ihr den parlamentären Gebräuchen widerstreitendes Verhalten schon an sich ganz unglaubhaft macht, daß Sie ein Parlamentär sind.«

»Ich bin aber ein Parlamentär«, erwidert der Hauptmann; »ich bin als solcher abgesandt.«

»Wenn Sie und Ihre Begleiter Parlamentäre wären, so hätten Sie sich als solche benommen«, erwidert der Franzose scharf. »Sie müssen ferner selbst zugeben«, fährt er, nach einem Suchen in seinen Akten aufblickend, fort, »daß es grotesk ist, sich vorzustellen, Sie seien ohne jede Legitimation als Parlamentär mit einer so wichtigen Mission beauftragt worden.«

Der Hauptmann stutzt. Angesichts des Kriegsgerichtsrats muß er dies plötzlich in seinem Innern zugeben. Es ist grotesk.

»Der Sie begleitende Rittmeister behauptet nicht einmal, ein Parlamentär zu sein«, führt der Kriegsgerichtsrat seine Sache weiter. »Er verachtet – zu seiner Ehre sei es gesagt – die Ausrede, die Sie gebrauchen, da er nunmehr vor der Unerbittlichkeit steht, seine Handlungsweise verantworten zu müssen. Was können Sie dem gegenüber anführen? Es ist doch wohl nicht angängig zu glauben, daß ein deutscher General seinen Parlamentär mit einem Spion in denselben Wagen setzt und so sein Leben gefährdet.«

Nein, das ist nicht angängig zu glauben, sagt sich der Hauptmann. Aber er vermag nichts Schlüssiges und Beweisendes gegen die Unwiderleglichkeiten des Kriegsgerichtsrats vorzubringen. Kann er dem Franzosen klarmachen, daß gestern fünf deutsche Männer mit einem Jauchzen ohnegleichen über die Brücke von Berry-au-Bac gefahren sind? daß jedes Mannes und jedes Offizieres Vertrauen zu seiner Sache in diesen Tagen grenzenlos war? daß die Begeisterung jedes Besinnen überflügelte und die Zuversicht jede Legitimation unnötig machte?

Soll er das dem Feinde preisgeben? Soll er das Lüge nennen lassen, was in ihnen allen glühte? Es kommt ihm plötzlich wie ein Verrat an sich selbst vor, wenn er es täte; fast Verrat eines großen militärischen Geheimnisses: des Geheimnisses unerhörter Leistungen. Er will es nicht preisgeben, dieses sie alle durchlodernde Feuer. Er kann nicht. Aber besonders: er will nicht.

Er ist es zufrieden, daß es für einen deutschen Offizier Dinge gibt mit, denen man sich nicht verteidigen kann.

»Sie werden uns erschießen« sagt er; »gut! Aber Sie werden keine Spione erschießen. Ich kann Ihnen eben nicht klarmachen, daß ein deutscher Spion – wenn anders er ein Soldat ist – sich in sein Schicksal ergeben würde und mit Anstand die Kugel hinnehmen, die ihm gebührt. Ich aber nehme sie nicht hin: für mich nicht und für meine Begleiter nicht. Wir sind keine Spione. Ich widerspreche. Die Kugeln, die Sie uns zudenken, gebühren uns nicht – verstehen Sie! – deswegen wehren wir uns. – Aber das können Sie ja nicht verstehen.«

»Wenn ich nur eine einzige glaubhafte Angabe über die Ihnen von mir vorgelegten Fragen hätte, der ich nachgehen könnte!« ruft der Kriegsgerichtsrat, der nichts ununtersucht lassen will. »Aber Sie setzen mich außerstande, zu einer anderen Entscheidung zu gelangen als der welche Sie kennen.«

»Offiziere Ihrer Armee haben mir auf mein Wort geglaubt!« versetzt der Hauptmann noch einmal fest. »Offiziere! Offiziere! Sie stehen vor einem mit dieser besonderen Mission beauftragten Beamten der französischen Kriegsjustiz, der die vorliegenden Beweise zu werten hat – nicht das, was Offiziere glauben.«

Da der Kriegsgerichtsrat keine neuen Ergebnisse mehr von der Vernehmung des Hauptmanns erwartet, läßt er ihn abführen. Der nun vorgeführte Offizier des deutschen freiwilligen Automobilkorps kann nichts zur Aufhellung der Art ihres Unternehmens vorbringen. Er hat Befehl erhalten, mit seinem Wagen zu einer Fahrt nach Reims zur Verfügung zu stehen. Er könne nicht glauben, daß er Spione gefahren habe, glaube vielmehr heilig daran, daß die Offiziere Parlamentäre seien und der Kriegsfreiwillige der dem Parlamentär beigegebene Trompeter und Fahnenträger.

Auch dies sei unglaubhaft – wie alles andere, außer dem klaren Geständnis des Rittmeisters –, daß ihm die Art der Fahrt nicht ganz genau bekannt sei, wendet der Kriegsgerichtsrat dem Leutnant ein, ohne auf dessen Aussage größeres Gewicht zu legen. –

Die Vernehmung des kriegsfreiwilligen Unteroffiziers verspricht nicht viel, sieht der Kriegsgerichtsrat voraus, als an diesen die Reihe kommt.

»Sie sind doch nur mitgeschleppt – vielleicht unschuldig. Wissen Sie etwas von dem angeblichen Auftrag des angeblichen Parlamentärs?«

»Sein Auftrag sei, die Stadt Reims zur Übergabe aufzufordern, sagte er mir.«

»Natürlich!« flicht der Franzose ein. »Er wird Ihnen nicht gesagt haben, daß es nichts weiter ist als Spionage was er treibt.«

»Ich bin nicht mitgeschleppt«, wehrt der Unteroffizier ab »ich bin freiwillig und gern mitgefahren. Und wenn der Hauptmann ein Spion ist, bin ich auch einer.«

»Sie sind ein anständiger Kerl, daß Sie das sagen. Aber Sie können sich ja den Schluß selbst machen.« –

Der Kriegsgerichtsrat überblickt, daß er in der Sache nichts weiter gewinnen wird. Nur ordnungshalber – sozusagen für die Vollständigkeit des Verfahrens – wird er den Fahrer noch hören. Dieser, ein kleiner geduckter Oberschlesier, weiß nicht viel zu sagen. »Was Offizier sagt is richtig«, stolpert er hervor, schlägt die kurzen Beine aneinander so gut es gehen will und erhält ein nachsichtiges Nicken des Kriegsgerichtsrats, der nicht mehr von ihm erwartet.

Nachdem die Vernehmung beendet und auch der Dolmetscher entlassen ist, ist es lange sehr still in dem Zimmer, in dem der Kriegsgerichtsrat allein sitzt. Die Schärfe, die er bei den Verhören anzuwenden pflegt, hat ihn verlassen. Er überprüft nochmals die gesamten Erhebungen: diese nicht wegzuleugnenden Tatsachen, diese übereinstimmenden Berichte verschiedener Truppenteile, diese Aussage des Rittmeisters, dieses Fehlen jedes greifbaren oder verfolgbaren Anhaltspunktes für die Parlamentär-Eigenschaft des Hauptmanns. Man kann nicht sagen, daß er es sich leicht macht. In seinem Gesicht ist Hoffnungslosigkeit und Strenge seines Amtes zugleich. Schließlich ermannt er sich. Es ist Mitternacht lange vorüber, als er den Kerkermeister ruft: »Lassen Sie den Spionen sagen, sie mögen sich zum Tode vorbereiten. Man kann auch jeden noch eine Karte an seine Angehörigen schreiben lassen – aber nichts Tatsächliches, verstehen Sie! Das Urteil wird zweifellos auf Grund der Berichte der Truppen, die vollständig ausreichen, und nach dem Ergebnis der hiesigen Vernehmung unverzüglich rechtmäßig im Großen Hauptquartier herbeigeführt werden. Die Vollstreckung wird durch den Generalissimus jedenfalls sofort befohlen werden. Es sind noch vier, fünf Stunden Zeit; gut: veranlassen Sie das zur Hinrichtung Erforderliche.«

Der Kerkermeister weiß schon. Er führt die Anordnungen des Kriegsgerichtsrats selbst aus.

Die Deutschen nehmen seine Mitteilung wie etwas entgegen, wozu nichts mehr zu sagen ist. Nur der Kriegsfreiwillige hat etwas in heftigem Französisch zu lamentieren, das der Kerkermeister nicht ganz versteht und das ihn den Kopf schütteln macht.

Man hat noch jedem aus seiner Kartentasche oder seinen Sachen durch den kleinen Schieber in der Zellentür eine Feldpostkarte gereicht – die er schreiben mag oder nicht. Wachtposten ziehen vor jedem der

Gelasse auf. Dann sind die Deutschen in ihren Zellen dem Alleinsein überlassen, und selbst der Rittmeister kann, entgegen seinen Gepflogenheiten, trübe Gedanken nicht ganz vermeiden.

In der Morgendämmerung hört man das schwerfällige Eisentor des Gefängnishofes sich öffnen, den hellen Hufschlag eines Pferdes und das Gepolter eines schweren Karrens, der den Hof in seiner ganzen Länge durchquert.

Fast zu gleicher Zeit hört der Kriegsfreiwillige, der vor Frieren nicht schlafen kann – man hat den Gefangenen als rechten Todeskandidaten alles abgenommen, was sie nach französischer Vorschrift nicht auf den Sandhaufen mitnehmen sollen: Waffenröcke, Mützen und Stiefel, und sie haben nur ihre Hemden, Hosen und Strümpfe behalten; der Woilach auf den Pritschen aber ist alt und dünn – hört, der Kriegsfreiwillige ein behutsames Klopfen an der Tür seiner Zelle.

Gleich darauf wird der Schieber an dem Ausguck der Tür fast zärtlich zurückgezogen und mit einem verstohlenen Zuruf, den er in das Gelaß spricht, erregt der Wachtposten, der vor der Zellentür des Kriegsfreiwilligen aufgestellt ist, dessen Aufhorchen.

Der Kriegsfreiwillige springt ans Fensterloch und blickt hinaus. Da steht der französische Soldat und zeigt mit stummem Finger und nicht ohne Bedauern in dem gutmütigen Gesicht auf den einfahrenden Karren, der langsam seinen Weg weiterrattert und am Ende des Hofes, wo das Pflaster aufhört, nahe der Mauer haltmacht. Der Posten meint, dem Gefangenen den Anblick gönnen zu sollen; er meint, ihm sein Mitleid, seine Mitteilsamkeit bezeugen zu können, indem er das Schiebebrett seines Gefängnisses öffnet, um ihn nicht auszuschließen von dem, was ihn angeht, sondern es ihn anschauen zu lassen: in Andacht, Schauder oder Mitgefühl – wie er will – gleich ihm.

Denn freilich geht es den Kriegsfreiwilligen an, was dort geschieht, und ist nicht schwer zu deuten.

Dort, wo er hinblickt, hält im Morgendämmer die Charrette, der geräumig offene hohe zweirädrige Karren mit der starren, breiten Deichselgabel, in der der gedrungene Gaul geht. Sie bringt den Sand für den kleinen mit Schaufeln festgeschlagenen Hügel, auf dem die Verurteilten vor den Gewehren stehen dürfen, und bringt das Stroh zum ersten Bett für die durchlöcherten Leiber, von alters her gleich für Könige und Spione, für Verbrecher und Unschuldige.

Dort, wo er hinblickt – und der Wachtposten neben ihm –, werden im Morgengrauen gerade die Strohbunde aus dem Karren neben die Mauer geworfen, und der Sand wird ausgekippt, den dann ein eifriger Schipper häuft und festtritt.

Dort, wo er hinblickt, wird er nachher mit seinen Kameraden stehen und versuchen, als Soldat und Deutscher anständig zu sterben. Sie werden ihn mit den andern an die Mauer stellen, einen Zug Infanterie davor; er wird als Letztes ein Kommando hören, und dann wird es still sein.

Das alles sieht der Kriegsfreiwillige vor sich und ist froh daß er es sieht, damit er sicher ist, daß es ihn nicht übermannt. Denn er ist jung und des Sterbens nicht gewohnt. Er ahnt nicht, in welcher Weise seine Gefährten sich auf das Letzte wappnen, aber er ist dankbar, daß sie ihn nicht so sehen in seinem kleinen Vorsprung, den er sich ihnen gegenüber zum Tode nimmt. – Nun werde ich es wohl vollbringen, denkt er. In wenigen Minuten vielleicht werde ich schon herausgeführt. Drum schiebt wohl der Soldat das Guckloch leise wieder zu.

In dieser Erwartung – vorbereitet, wie er meint, auf das, was kommen soll – hört er draußen den Kerkermeister mit den Schlüsseln des Gefängnisses klirrend auf den Hof treten und auf seine Zelle zugehen. Der Kerkermeister wechselt ein paar Worte mit dem Posten, dann macht er, beiseitetretend, die Tür weit auf.

Der Kriegsfreiwillige – seines Weges sicher – tritt in bloßen Strümpfen, Hemd und Hose auf den Hof. Er streift sehr gleichgültig seine Sachen – Waffenrock, Stiefel, Kartentasche, Seitengewehr, Koppel und alles übrige, das einmal sein war und das man neben seiner Zellentür ›en paquetage‹, wie für eine Packtasche, zusammengelegt hat – mit einem letzten Lächeln und schickt sich an, in der Richtung des Platzes der Exekution seinen Weg zu nehmen.

Noch ist niemand bei dem Sandhaufen an der Mauer, wohin er seine Blicke richtet. Ist er der Erste?

Er schaut den Posten, der ihn führen wird, unschlüssig an.

»Nicht dort! – Hier!« sagt dieser zu ihm und zeigt mit dem Gewehr unter dem Arm nach dem Wachhaus. Der Kriegsfreiwillige, benommen und verwirrt, folgt willenlos und sieht sich plötzlich, erstaunt und herzklopfend, wieder in den Raum genötigt, in dem bis vor wenigen Stunden in der Nacht die Verhöre der Deutschen stattfanden.

Dort sitzt – in eigentümlicher Spannung – der Kriegsgerichtsrat und starrt eifrigen, fast gierigen

Auges auf das aufgeschlagene Soldbuch des Kriegsfreiwilligen, das vor ihm liegt und das er mit den Angaben eines umfangreichen Telegramms in seiner Hand zu vergleichen scheint.

»Sie haben gestern –«, beginnt er, als der Kriegsfreiwillige vor ihm steht; – er kann es kaum in Worte fassen. »Gestern abend haben Sie in Ihrer Zelle, als der Kerkermeister Ihnen eröffnete, Sie sollen sich zum Tode vorbereiten, seltsame Worte gebraucht. Sie haben, wie mir hinterbracht wird, lamentiert und den Kerkermeister angeschrien: ›Was?‹ haben Sie gesagt, ›mich, den Frankreich ausgezeichnet hat, will man erschießen? Ein schönes Land, das Offiziere seiner eigenen Orden erschießt. J'ai les palmes de l'Académie‹ haben Sie gesagt. ›Je suis officier des palmes de l'Académie! – ich habe die Palmen der französischen Akademie, und mich will man erschießen!‹ Sie haben das mit einer gewissen Verachtung, aber auch, wie es scheint, mit Stolz wiederholt. Der Gefängnisaufseher hat Ihre Worte als guter Franzose sehr wohl verstanden und sie mir berichtet. Ich genüge nur meiner Pflicht, dieser Sache nachzugehen. Eine solche Auszeichnung ist jedoch nicht in den Angaben Ihres Soldbuches enthalten. Was sind Sie überhaupt?«

»Sänger«, antwortet der Mann vor ihm.

»Was heißt das: Sänger? in Variétés, auf der Straße, im Cabaret?«

»Ich bin Kammersänger, Tenor an der königlichen Oper in Berlin.«

»So«, sagt der Kriegsgerichtsrat betroffen. »Ich frage Sie: haben Sie die Auszeichnung, den Orden will ich sagen, der den von Ihnen genannten Rang mit sich bringt?«

»Ja«, antwortet der Kriegsfreiwillige halblaut. Der Kriegsgerichtsrat blickt jetzt wieder in das Telegramm in seiner Hand.

»De quelle date? Wann haben Sie das Kreuz erhalten?«

»Das weiß ich nicht genau. Etwa im Januar.«

»Dieses Jahres?«

»Dieses Jahres.«

»Und welche Stelle oder Persönlichkeit der französischen Republik hat Ihnen die Auszeichnung und die Urkunde ausgehändigt?«

»Jules Cambon, der bevollmächtigte Botschafter Frankreichs in Berlin«, antwortet der Kriegsfreiwillige und Sänger.

Da erhebt sich der Franzose.

»Asseyez-vous, mon officier!« ruft er laut, legt das Telegramm auf den Tisch und weist mit breiter Hand auf einen Stuhl, den er dem Kriegsfreiwilligen damit anbietet. Dann nimmt er mit unüberbietbarer Hochachtung vor der Lage, in die ihn dieses Verhör gebracht hat, seinen Sessel wieder ein.

»Man nehme dem Herrn Offizier die Fesseln ab«, ordnet er an, und sie werden ihm abgenommen.

Danach räuspert sich der Kriegsgerichtsrat befreit und blickt mit gesenkten Augen, die Hand an den Kopf gestützt, eine Zeitlang still vor sich hin, als brauche er diese Erholung.

»Ich freue mich, Ihnen mitteilen zu können«, sagt er hierauf, »daß Ihre Angaben in jeder Einzelheit bestätigt hier vor mir liegen. Es ist das erstemal, daß sich eine Angabe, die Ihnen helfen kann, bestätigt. Dies ist von unermeßlicher Wichtigkeit. Ich habe in der Nacht telegraphisch bei der französischen Regierung in Bordeaux über die Auszeichnung angefragt, die Sie zu besitzen schienen; und hier« – auf das Telegramm vor ihm weisend – »ist die Antwort. Ich kann überzeugt sein, daß Sie als Mann von Ehre und Reputation – ohne die Ihnen die Auszeichnung nicht erteilt worden wäre – auch hier die Wahrheit gesagt haben. Das ändert mit einem Male die ganze Lage, nicht nur für Sie, sondern auch für die Mitangeklagten.«

Diese Sätze spricht der Kriegsgerichtsrat mit Genugtuung und nicht ohne Stolz, daß er in einem so folgenschweren Verfahren den für die Glaubwürdigkeit des Kriegsfreiwilligen erforderlichen Beweis herbeigeschafft hat.

»Nun erlauben Sie mir noch – gewissermaßen außergerichtlich –«, fährt der Kriegsgerichtsrat fort, dem ein Offizier der Akademie mindestens so viel gilt wie ein beliebiger Hauptmann der Armee, vielleicht noch mehr, »zu fragen, durch welche Verdienste um Frankreich Sie diese für einen Ausländer hohe Auszeichnung erhalten haben?«

»Wenn es mir und meinen Kameraden helfen kann, will ich Ihnen verraten«, sagt der Kriegsfreiwillige, »daß ich französische Studierende der Musik, als wir noch keinen Krieg mit Frankreich hatten, fast selbst noch Student, in deutscher Musik unterrichtete. Aber jetzt ist freilich Krieg, und ich habe nicht gedacht, daß das hier etwas gelte.«

Der Kriegsgerichtsrat verneigt sich leicht im Sitzen, ohne den Freiwilligen anzusehen und sagt:

»Ich muß Sie jetzt bitten, sich wieder in Ihr Gelaß zurückführen zu lassen. Ich werde sofort das Ergebnis dieses Verhörs an den Generalissimus berichten. Ich hoffe, daß es von Nutzen ist.«

Nach wenigen Stunden kann der Kriegsgerichtsrat den Deutschen mitteilen, daß der Verdacht der Spionage fallen gelassen sei. Nicht lange darauf wird ihnen eröffnet, ein französischer Generalstabsoffizier sei auf dem Wege nach der kleinen Stadt und werde die Entscheidung des Generalissimus mitbringen. Aber sie selbst, bisher noch immer voneinander getrennt, wissen am wenigsten, was geschieht und wie sich alles erklärt. Noch um acht Uhr morgens, als man den deutschen Hauptmann aus einem Schlafe weckt, den auch der angekündigte Tod ihm nicht rauben konnte, und er in guter Haltung aus seiner Zelle tritt, ist es wie zum letzten Gang. Er sieht seinen ihn umgebenden Kameraden, die schon mehr wissen, erstaunt ins Gesicht. »Ich denke, wir sollen jetzt erschossen werden!« ruft er aus und weiß nicht, warum es nicht geschieht.

In den Zwischenstunden bis zur angekündigten Ankunft des französischen Generalstabsoffiziers kann es der Kriegsgerichtsrat – ganz beglückt über die neue Wendung der Dinge, die ihn von schwerer Verantwortung befreit – nicht lassen, ab und zu nochmals den Kriegsfreiwilligen, zu dem er nun einmal Vertrauen gefaßt hat, ins Verhör zu nehmen. Es ist da besonders noch ein Punkt aufzuklären, der, wenn er auch nunmehr gegenstandslos ist, doch sein Interesse hat. Er betrifft das Geständnis des Rittmeisters.

»Dites donc«, sagt der Kriegsgerichtsrat treuherzig zu dem Kriegsfreiwilligen, »das ist schon recht: Ihr Generalstabsoffizier ist der Parlamentär und Sie sind sein Trompeter und Fahnenträger. Auch das ist in der Ordnung: da ist der Automobiloffizier und sein Mecha-

niker. – Mais qui est cet officier à la figure rouge? Sie
können mir das doch jetzt erklären! Ist er nicht doch
ein Spion, dieser Offizier mit dem roten Gesicht?«

»Nicht im geringsten!« beruhigt ihn der Kriegsfreiwillige. »Er hat nie das Glas vor die Augen genommen, sondern immer geradeaus gesehen.«

»Für was ist er denn dann mitgefahren?«

»Er hat, glaube ich, gewettet, der erste Deutsche
in diesem Kriege zu sein, der in Reims eine Flasche
Sekt trinkt.«

»Und dafür setzt er sein Leben aufs Spiel?« ruft der
Kriegsgerichtsrat entsetzt und faßt seinen Kopf zwischen beide Hände.

»Es scheint daß er es getan hat« sagt der Kriegsfreiwillige.
Da aber übermannt es den Kriegsgerichtsrat.
»Parbleu!« sagt er leise und fassungslos. »Das ist ja
ein Mordskerl! ein toller Kerl! ein Teufelskerl! – Das
darf man gar nicht laut sagen! – Ein toller Kerl! ein
toller Mordskerl! Parbleu!«

Um elf Uhr vormittags erscheint in einem Wagen
aus Bordeaux ein französischer Generalstabsoffizier
von ausgezeichneten Formen. Er ist wenig erbaut von
der Behandlung, die den Deutschen von der Gendar-
merie und in den Ortsgefängnissen angetan worden
ist, und hat einige scharfe Worte dagegen. Ihn beglei-
tet ein Adjutant des Generalissimus, der den Deutschen in aller Form ihre Waffen überbringt – was den
Rittmeister, als er den Säbel seines Großvaters mehr
umarmt als entgegennimmt, erst in das für sein Da-
sein nötige Gleichgewicht zurückversetzt.

Die Deutschen seien, zufolge Entschließung und
Verfügung des Generalissimus der französischen Ar-

mee, des Marschalls Joffre, nach den vorliegenden Berichten als Parlamentäre zu betrachten, dürften jedoch – da sie zu viel gesehen – nicht sofort ihren Linien wieder zugeführt werden, sondern würden eine Zeitlang zurückbehalten. Als parlementaires retenus seien sie in jedem Belang wie Angehörige der französischen Armee gleichen Ranges zu behandeln.

Dies eröffnet der Generalstäbler den Deutschen unter militärischer Ehrenerweisung. Ihre Weiterbeförderung nach dem Ort ihrer Zurückbehaltung werde von Offizieren beaufsichtigt werden. Er ist knapp und bestimmt, er erfüllt nur den Auftrag, mit dem er von seiner Befehlsstelle hergesandt ist.

Nach einer halben Stunde ist die Aufregung der kleinen französischen Garnison über das wichtigste und merkwürdigste Ereignis, das ihr in diesem langen Kriege zufiel, auf immer vorüber.

Die größte Genugtuung über die Entscheidung, die der Fall der Deutschen bei dem Generalissimus gefunden hat, empfindet der Kriegsgerichtsrat. Schon wird zwar gemurmelt und behauptet, daß auch noch andere Mächte und Gewalten auf die Behandlung der Sache entscheidend eingewirkt haben. Aber ob nun vom deutschen Heeresoberkommando mit schweren, vielleicht blutigen Gegenmaßregeln gedroht worden ist, oder ob – was auch verlautet – die Fürsprache eines englischen Offiziers, der als Besucher der Reitschule in Hannover den Rittmeister aus Friedenszeiten in guter Erinnerung hat, wirksam geworden ist; oder ob eine ritterlichere Auffassung von den Verfehlungen der deutschen Parlamentäre entgegen den Berichten der Truppen durchschlug: der Kriegsgerichtsrat meint, in Hinsicht auf die von ihm ausgehende Wirkung zur Wendung der Dinge, daß eins zum andern komme und seiner Begründung der Glaubhaftigkeit der Deutschen, jedenfalls vom Standpunkt des Rechts, ein nicht geringeres Gewicht zukomme als der Drohung des Kaisers.

»Ein toller Kerl! ein Mordskerl!« hört man ihn manchmal vor sich hin sagen; aber nur er weiß, wen er meint.

Am Abend dieses Tages sitzen die deutschen Offiziere und der Kriegsfreiwillige, dessen Gesellschaft sie sich bei ihrer neuen Überwachung als Gutmachung für überstandene Leiden ausbitten, in der Stube einer französischen Kaserne, wo sie für die Nacht verbleiben sollen, beisammen und verzehren das Essen und den reichlichen Wein französischer Offiziere, wie es ihnen nun zusteht.

Sie sind zwar als Soldaten enttäuscht, daß man sie zurückhalten wird. Aber das kümmert sie heute nicht. Sie sind ganz nahe am Tode vorbeigekommen – und wenn sie ihm auch an anderem Ort unbekümmert ins Auge blicken: der Tod dem sie eben begegneten, war nicht der, dem ein Soldat gerne begegnet. Und da sie darüber lustig werden, daß sie ihm entgangen sind und es, wie sie sich sagen, zudem berechtigt ist, sie nicht ohne weiteres ihren Truppen wieder zuzuführen – als ob man es deutschen Parlamentären nicht verdenken könne, offenen Auges durch das Bereich feindlicher Festungen zu fahren! –, ergeben sie sich ohne Widerrede in die neue und merkwürdige Gefangenschaft, die über sie verhängt ist.

Nachdem sich nun erst für sie alle alles notdürftig aufklärt, wie es sich abgespielt hat, und auch der

Kriegsfreiwillige seine seltsame Vorbereitung auf den Tod erzählt, hat er, ein preußischer Kammersänger, – auf eine Aufforderung des Hauptmanns und des Rittmeisters, die der Musik freund und zugetan sind wie kaum andere – in dieser Nacht in einer französischen Kaserne seinen Kameraden seine besten Arien und schönsten Lieder hingesungen: inbrünstiger als je.

Der kleine Oberschlesier sitzt vor der Tür an einem Tisch bei dem ungewohnten Wein, wie er den französischen Soldaten ausgegeben wird, und darf zuhören. Aber er hört nichts mehr: er schläft auf seinen aufgelegten Armen.

Unter äußersten Vorsichtsmaßregeln, zu denen stets mit Ölfarbe angestrichene Fensterscheiben in Eisenbahn, Auto und Unterkunft gehören, und unter steter Bewachung durch einen Unteroffizier und sechs Mann, werden die Deutschen in einer Fahrt von sechsunddreißig Stunden in den nächsten Tagen nach Orléans verbracht. Während langer Halte rollen unaufhörlich Züge voller Truppen an ihnen vorüber, die nach Norden geworfen werden. In Orléans werden sie im Rathaus, einem alten Bau früher Jahrhunderte, festgesetzt. Wenn auch – wie ihnen eine Tafel verrät – einst Könige aus den Häusern der Valois und Bourbons und die großen Kardinäle in den alten Sälen gewohnt haben, so sind es jetzt nur kleine dürftige, in sie eingebaute Zimmer, die sie aufnehmen.

Die drei Offiziere liegen zusammen in einem Raum, in einem anderen der Kriegsfreiwillige und der Fahrer, dazwischen die Wache. Sie hören die schweren eifrigen Schritte der Posten auf den Gängen, das Aufstoßen der Kolben, die täglichen Ablösungen als ein quälendes

Einerlei, dem sie sich nicht entziehen können. Sie hören sie immer wieder in der unruhigen Hoffnung auf das letzte Mal. Die Fenster sind mit weißlicher Ölfarbe undurchsichtig gemacht, aber es ist ihnen erlaubt, sie hinter den ewig geschlossenen Läden zu öffnen. Durch die schräg gestellten Sparren fallen ihre Blicke auf ein Streifchen Straße, aus dem sie das Wenige ablesen müssen, was sich gerade bietet. Oft scheinen die Menschen drunten für sie nur sinnlos und zwecklos vorüberzulaufen wie Regentropfen an einem Telegraphendraht. Aber sie lesen aus ihren Gesichtern. Was für Nachrichten kommen von der Front? Sie müssen nicht sehr gut sein, wenn die Gesichter drunten, in die eben ausgerufene Zeitung guckend, bedenklich und mißvergnügt weitergehen.

Manchmal gelingt es dem Kriegsfreiwilligen, wenn er sich hinter seinem Laden auf die Lauer stellt, mit dem Fernglas des Hauptmanns die Überschriften oder Schlagzeilen irgendeiner Zeitung zu lesen die einer, unten stehenbleibend, vor sich aufschlägt. Es muß ein Zeitungsstand in der Nähe sein. »Nos progressions«, »Soissons ville ouverte bombardée« und »Grande victoire« liest er aus seinem Versteck und kann es den anderen mitteilen.

Aber die Ungeduld zehrt, das Gefühl, ausgeschaltet zu sein von jeglicher Nachricht, brennt. Die ihnen angetane Lähmung liegt wie Gift in ihren Gliedern, das bis ans Herz reicht. Sie genießen zwar die den französischen Offizieren und Mannschaften zustehenden Bezüge nach ihrem Rang. Ein Zahlmeister kommt, um den Offizieren das Gehalt französischer Offiziere ihres Ranges, dem kriegsfreiwilligen Unteroffizier und dem Fahrer, der einfacher Soldat ist, ihre Löhnung auszuzahlen. Aber sie sind nicht recht zufrieden damit, da es das Gehalt eines ganzen Monats ist und sie daraus ableiten, daß ihr Aufenthalt, über dessen Dauer nichts verlautet, ein langer sein mag.

Nur die Ehrenbezeugungen für die Offiziere lassen sich die Deutschen gern angedeihen.

Man klopft dazu von innen vernehmlich an die Tür. Der Wachthabende schreit: »Que désirez-vous, messieurs?«

»Il faut –«

»Eh bien, quoi?«

»– faire usage du cabinet.«

»Attendez un moment.«

Hierauf hört man nach einer kleinen Weile dröhnend und unter Kommandos Schritte anmarschieren. Der wachthabende Unteroffizier, der maréchal des logis in vollem Aufzug, öffnet, zieht den Säbel, den er eben dazu umgeschnallt hat, zwei Mann mit Gewehr und aufgepflanztem Bajonett und ein dritter als Beschluß nehmen den Offizier, der das Ansinnen gestellt hat, in die Mitte, und unter Vorantritt und Kommando des Unteroffiziers setzt sich der Zug in Bewegung zu dem Ort menschlicher Erleichterung. Vor diesem Zug, da er einen Offizier enthält, präsentieren die Posten in den langen Korridoren. Sie präsentieren auf dem Hin- und Rückweg. Und da die Offiziere sich gern Bewegung machen, haben die Posten den Präsentiergriff täglich ziemlich häufig für sie zu leisten.

Der Kriegsfreiwillige und der Gemeine haben sich bei solchen Gelegenheiten mit der bloßen Eskorte zu begnügen.

Von dem Gelde, das ihnen Frankreich zahlt, werden den Deutschen kleine Einkäufe besorgt. Eine kleine Habe sammelt sich an: ein Taschentuch, Rasierzeug,

Seife, Schwamm und Bürsten, Strümpfe, Kamm und eine Flasche Kölnisch Wasser.

Es wird Herbst. Die Nächte sind kalt, und die Morgen sind frisch. Schon gehen die kleinen Mädchen, die der Kriegsfreiwillige durch die Sparren der Fensterläden beobachtet, mit Pelzchen um den Hals.

Einige fremde überseeische Offiziere gehen vorüber und verschwinden um die Ecke in eine Gasse, wo offenbar ein Café ist und wo alles verschwindet.

Der Wechsel der Wache bringt neue Gesichter oder alte, die sie schon kennen: freundliche und unfreundliche.

Neugierige Bürger, französische Offiziere der Etappe lassen sich die deutschen Offiziere zeigen, werfen einen scheuen und mißtrauischen Blick in das halbdunkle Gelaß wie in einen Wolfszwinger und verschwinden wieder.

Was sind alle diese Ereignisse für die verzweifelte Ungeduld, diese fressende Ungewißheit, in der sie sich befinden: sie erfahren nichts über den Stand des Kriegs, nichts über das Schicksal der deutschen Armeen. Längst muß doch der Sieg erfochten sein, auf den sie hoffen. Sie haben ja die Front verlassen, als der entscheidende Stoß unaufhaltsam schien, als alles zum Besten stand und selbst Reims offenbar kampflos an sie aufgegeben werden sollte. – Wenn er nicht errungen ist, was ist geschehen?

Es hilft ihnen wenig: daß sie lange schlafen, daß sie – um nur etwas zu vollbringen – ihr Quartier, Mann und Offizier, selbst reinigen, daß sie reichlich Essen und noch mehr Wein geliefert erhalten, an dem sich zu betrinken sie nicht übers Herz bringen. Was sind ihnen selbst Bücher, die ihnen ein Mitleidiger reicht? Sie lechzen nach Nachrichten wie nach Luft. Oft ist ihnen das Weinen entsetzlich nah, und manch einer hat dort wirklich geweint.

Denn es ist ihnen nicht geheuer. Einmal – es läßt sie nicht ruhen – hat der kleine französische Capitaine, der sie beaufsichtigt, von sich aus eine Flasche Sekt in das Zimmer der Offiziere gebracht. Die Franzosen müssen einen überwältigenden Sieg errungen haben: nicht zu verhehlende Freude läuft über das Gesicht des guten Mannes, der seine Schutzbefohlenen, die er wichtig nimmt, daran teilhaben lassen möchte.

Die Deutschen ahnen, was der Sekt bedeutet. Aber der Capitaine verrät nichts. Die verbundenen Augen zurückgehaltener Parlamentäre werden nicht von ihren Binden befreit, die ihnen in Gestalt von Mauern, verschlossenen Fensterläden und der Undurchdringlichkeit des pflichtgetreuen französischen Patrioten umgelegt sind. Kriegsgefangene haben Zeitungen, Parlamentären sind sie versagt.

Bis zu den Grenzen seiner patriotischen Gefühle freilich tut der gute Capitaine sein Bestes für die Deutschen. Er fühlt sich geschmeichelt, mit Offizieren zu tun zu haben – und dazu mit Offizieren in welcher Mission! Denn wenn er auch selbst französischer Offizier ist, der Alte, so ist er doch als solcher aus dem Soldatenstand hervorgegangen – ist sorti des rangs – und sieht sich von dem französischen Offizier höherer Ausbildung überflügelt und an die Wand gedrückt. Er hat es, längst im Ruhestand, nicht weiter gebracht als zum Capitaine – das Schicksal dieser Klasse – und freut sich nun an dem alten Glanz und seiner neuen Wichtigkeit. Der Kriegsfreiwillige, mit dem er am besten steht, hat ihn mit seinem frischen Wesen, französischen Liedern und Geschichten geradezu bezaubert, und um seinetwillen liebt er sie alle wie Kameraden einer anderen Armee.

»Kamerad«, sagt der Kriegsfreiwillige daher manchmal und auch diesmal wieder zu ihm, da der Capitaine es gern hört und das Wort unter ihnen aufgebracht hat: »Kamerad, wollen Sie uns nicht sagen, was Sie in so gute Laune versetzt?«

Aber der Franzose bleibt fest. Er sagt es voll Würde, er sagt es immer, wenn das Gespräch auf den Krieg zu kommen droht: »Camarade«, sagt er, »oui! – jusqu'à un certain moment!« und verweist mit erhobenem Haupt und abwehrender Hand die Kameradschaft auf das menschliche Gebiet.

Verrät er ihnen auch kein Sterbenswörtchen aus den Heeresberichten: sich selbst verrät er ganz. Er ist der Sohn seines Landes, zutraulich, leichtgläubig, teilnehmend, neugierig, gutmütig und wohlwollend. Die Deutschen erkennen seine Menschlichkeit und kommen gut mit ihm aus.

In dieser Kameradschaft – als welche sie der Franzose treuherzig und mit Stolz empfindet und ausübt – vergehen den Deutschen die Tage: sie haben den Schritt von Jahren. Der Capitaine aber waltet seines Amtes. Jeden Abend kommt er den Kriegsfreiwilligen holen und ihn ›hinüber‹ mitzunehmen in das Gelaß der Offiziere – denn dies darf nur unter seiner Aufsicht geschehen. Er macht es sich zur Ehre, ihnen dort Gesellschaft zu leisten und die Zeit zu vertreiben; und sie gestehen sich, daß sie lieber mit ihm zusammen sind als mit sich allein.

Da fahren eines Tages unvermutet – es sind drei Wochen nach des Generalissimus Entscheidung verflossen – einige französische Generalstabsoffiziere vor dem Rathaus in Orléans vor und kündigen den Deutschen namens des Marschalls das Ende ihrer Zurückbehaltung an. Morgen, gegen Abend, werden sie abbefördert.

Die Deutschen sind wie vom Blitz getroffen. Obgleich sie diese Botschaft Tag und Nacht erhoffen, glauben sie nun nicht daran. Ein Fieber von Ungeduld ergreift sie, und sie müssen sich dabei ertappen, in dieser Nacht weniger Schlaf zu finden, als in der Nacht, in der sie ihren Tod erwarteten.

Ihr braver Capitaine ist still und feierlich. Eine Art von Abschiedsfest am Abend stimmt ihn traurig. Er trauert ihnen nach, seinen Offizieren und dem deutschen Kriegsfreiwilligen, mit denen er sein Auskommen hatte und deren Achtung er genoß.

Er wird sie morgen abholen, sagt er. Er wird es sich nicht nehmen lassen, sie zur Bahn zu bringen.

Am Vormittag des Trennungstages erscheint er zu ungewohnter Stunde. Er läßt die Deutschen, ohne die Wache zu rufen, aus ihren Gelassen treten und führt sie leisen Schrittes, mit dem Finger auf dem Mund, durch ihnen fremde Korridore. In einem der Säle, den er aufschließt, öffnet er, die Deutschen hinter sich winkend, ein Fenster.

Er erhebt den Arm. Ehrfürchtig blickt er hinaus und zeigt den Deutschen, wie eine letzte Kostbarkeit, die ihnen zuteil werden soll, nahe und hoch, im vollen Licht des Tages die Kathedrale von Orléans.

»C'est la cathédrale« flüstert er; »c'est la cathédrale.«

Am Abend ist er denn auch zur Stelle zum Lebewohl. Er fährt mit seinen Schützlingen hinter den weiß getünchten Fensterscheiben des Autos zur Bahn und reicht allen zum Abschied vor dem Einsteigen die Hand.

»Zum Wohle!« sagt er zu ihren Ehren in deutscher Sprache zu jedem. Denn er ist ein schlechter Schüler des Kriegsfreiwilligen, der ihn in der schwersten Sprache der Welt, welche für den Franzosen die deutsche ist, in die Lehre genommen hat. So verwechselt er das »Zum Wohle«, das er ihnen zuruft mit dem »Leben Sie wohl«, das er ihnen zurufen will.

Aber die Deutschen verstehen ihn. »Zum Wohle!« rufen auch sie ihm mit Lachen als Antwort zu, da er mit feuchten Augen sie an das Eisenbahnabteil mit den geblendeten Fenstern entlassen muß, das sie ihm in östlicher Richtung entführt.

Fast zwei Tage dauert die Fahrt unter militärischer Bedeckung. Sie endet im Land südlich der Vogesen. Hier, im Sundgau, ist die einzige Stelle, wo die Franzosen auf deutschem Gebiet stehen. In Delle, einem kleinen Städtchen hart an der Schweizer Grenze, übernachten sie auf Stroh im Schulhaus. Dann übernimmt sie ein Offizier im Kraftwagen, um sie bis über das Bereich der französischen Vorposten ins Niemandsland zu bringen.

Noch einmal liegen, um der Vorschrift zu genügen, die Parlamentärsbinden über ihren Augen. Dann heißt es plötzlich: »Steigen Sie aus.« Es geht noch eine Strecke zu Fuß. Jeder Deutsche hat einen stummen französischen Soldaten neben sich, der ihn führt. Sie hören flüstern. Man hält sie an und nimmt ihnen die Binden ab.

»Wenn Sie die Straße weiter gehen«, sagt ein französischer Leutnant, der neben ihnen steht, »stoßen Sie auf Ihre Vorposten.«

Der Leutnant grüßt kühl. Die Deutschen erwidern den Gruß. Dann gehen sie langsam, da der Offizier mit seinen Leuten noch einen Augenblick stehenbleibt, in der angegebenen Richtung.

Es ist eine Herbstlandschaft mit nebelbedeckten Wiesen und halb entlaubten Pappeln, in die sie hineinwandern. Der Ausblick ist verhangen. Auf Feldern arbeiten Bauern in einiger Entfernung. Sie gehen an ihnen vorüber, als wagten sie nicht, sie anzurufen. Wie Auswanderer haben sie die angesammelte Habe ihrer Rückbehaltungszeit in kleine rote Tücher eingeschlagen und kommen wie in ein fremdes Land. Das Horn von Reims hat der Kriegsfreiwillige bei sich bewahrt, aber die Lanze mit dem französischen Betttuch ist in Frankreich geblieben.

Endlich in einem Dorf trifft sie der erste deutsche Laut. Die Bäuerin bewirtet sie als deutsche Soldaten mit Kirschwasser und Nüssen, Butter und Brot; und da nun bald eine deutsche Offizierspatrouille in den östlichen Eingang des Dorfes einreitet, ist ihr Rückweg zu den deutschen Linien, den sie am 2. September das erstemal antraten, nun wirklich beendet. Es ist der 1. Oktober neunzehnhundertundvierzehn.

Nach wenigen Tagen treffen sie bei ihrem Truppenteil in Bapaume wieder ein – nicht weit von der Stelle, wo man sie auf die sonderbare Fahrt entsandt hatte.

Das »Wunder der Marne« – wie es die Franzosen nennen – ist unterdessen geschehen: die Schlacht an der Marne geschlagen und für die Deutschen verloren. Sie hat dem begeisterten Vordringen der deutschen Armeen, der jungen Entflammung der ersten Wochen des großen Krieges ein Ende bereitet.

Daher laufen die Zurückgekehrten, obwohl alles Männer klaren Sinnes, manchmal noch wie neue Siebenschläfer umher und können sich schwer in die Ereignisse und Wendungen des Krieges finden, die sie nun vor sich sehen und die es ihnen so fremd, weit und unwirklich vorkommen lassen, daß sie einmal Reims zur Übergabe aufgefordert haben.

Der Parlamentär für Reims und sein Trompeter waren der Hauptmann im Generalstab der Armee Achim von Arnim, nachmals Professor für Wehrverfassung an der Technischen Hochschule in Charlottenburg, und der kriegsfreiwillige Unteroffizier der Garde-Trainabteilung Carl Clewing, Opernsänger und später Professor der Stimmphysiologie an der Staatlichen Hochschule für Musik in Berlin. Der verwegene Offizier mit dem ehrwürdigen Kavalleriesäbel war der Rittmeister von Kummer vom 2. Garde-Ulanen-Regiment.

Sämtliche Namen der Erzählung sind verbürgt.

ÜBER ZEICHENSETZUNG

Über die Lese- oder Sinnzeichen die in der Schrift und im Druck benötigt werden einiges zu sagen, ist angesichts der erstaunlichen Gedankenlosigkeit und wirklichen Unsinnigkeit ihrer Anwendung, wie sie zumeist hierzulande geübt wird, wohl einmal am Platze. Man wird meinen man komme mit der jetzt geübten Zeichensetzung ganz leidlich aus und es sei recht unnötig daran zu rütteln. Aber rütteln wir einmal: vielleicht erweist sich manches in unserer Sprache durch diese Zeichensetzung verbarrikadiert, beengt und verschnürt, manches als wirkungslos oder vergewaltigt, und wenn man die Enge löst, Verschalungen, Latten und Scheidewände abschlägt, mag das Gebäude der Sprache reiner, freier, leichter und edler dahinter zum Vorschein kommen.

Die gesprochene Sprache bedarf der Zeichen nicht; die geschriebene bedarf ihrer in weit geringerem Umfang als sie jetzt – und zwar ausschließlich im Deutschen – angewendet und gelehrt werden. Die Pedanterie der deutschen Sprache, die viel weiter geht als man denkt, erstreckt sich auch auf die Lesezeichen. So viele unnütze Lesezeichen wie die deutsche besitzt keine andere Sprache der Welt. Indem der Deutsche vor jedes einen Nebensatz einleitende Wort (vor „daß, weil, der, die, das" usw.) ein Komma setzt, bezeichnet er eine schon durch diese Wörter selbst sich ergebende und bezeichnende Tatsache – daß nämlich hier ein Nebensatz beginnt – doppelt. Es wäre etwa so als ob man jeden von einer Landstraße abführenden Weg mit einem Wegweiser ohne Aufschrift bezeichnete nur um zu kennzeichnen daß da ein Weg sei. Wozu? Die französische, die italienische, die englische Sprache – um nur die uns bekannteren zu nennen – kennen (wie alle anderen) diese Überflüssigkeiten nicht und sichern gerade dadurch daß kein Komna gesetzt wird die enge sinngefällige Zugehörigkeit des zum Hauptwort oder Hauptsatz gehörenden Nebensatzes. Überdies ergibt sich aus dem Relativum, der Konjunktion nicht nur daß da ein Nebensatz beginnt sondern auch wohin er führt, wodurch das Komma erst recht unnütz und unsinnig sich aus nimmt. Gewiß gibt es Nebensätze die – etwa als Einschaltungen – vom Hauptsatz oder Hauptwort sinngemäß zu trennen sind und auch in der gesprochenen Sprache durch eine kleine Pause als Einschiebungen sinngemäß getrennt werden; aber im allgemeinen besteht eine völlig untrennbare Beziehung des Nebensatzes zu einem Hauptwort, welche enge Beziehung auch daraus erhellt daß die gesprochene Sprache an dieser Stelle keine Pause macht. Diese wesentliche und nahe Beziehung wird im Deutschen einfach schematisch durch die Vorschrift zerstört, ganz ohne Nachdenken über den Sinn dieser Maßnahme vor jedem Relativum, jeder Konjunktion usw. ein Komma zu setzen, also eine Trennung vorzunehmen, wo doch gerade diese Bezeichnungen andeuten daß hier nichts getrennt sondern im Gegenteil das eine auf das andere bezogen (Relation), das eine mit dem anderen verbunden (Konjunktion) sei. Demjenigen Leser der diesen inneren Zusammenhang empfindet erscheint das eingesetzte Zeichen wie ein Schlagbaum, ein Weghindernis das er erst beseitigen muß um zu der Zusammengehörigkeit zu gelangen die eigentlich ausgedrückt sein soll.

Man muß nicht denken daß die Forderung des Wegfalls unnötiger Zeichen lediglich eine Neuerungssucht, eine neue Pedanterie oder auch nur ein allein von den Neueren angewandter Gebrauch sei; nicht unsere Zeit (etwa Stefan George) will die Interpunktionslosigkeit einführen, die gute alte Zeit – damit man sich wieder einmal auf sie berufe – auch Goethe läßt schon die Kommata wo sie nicht eine Notwendigkeit sind und vom Sinn gefordert werden fort (Weimarer Ausgabe). Nur: altschulmeisterlich denkende Herausgeber haben sie ihm allentalben später wieder hineinkorrigiert; als ob das gar nichts zu sagen hätte.

(Also etwa – aus Faust II : Ich fürchte daß er sich ergetzt. – Er ahnet nicht was uns von außen droht. - Sie wissen doch was keiner weiß. –

Am Ende hängen wir doch ab
von Creaturen die wir machten.

Wie sinnlos ist das Komma anderer Ausgaben; denn wir hängen nicht von Creaturen ab, die – nebenbei gesagt – wir machten, sondern eben von Creaturen die wir machten. Und so überall.)

Man macht sich aber heute nicht einmal ein Gewissen daraus, das Objekt eines Satzes von seinem Subjekt und Prädikat widersinnig durch ein Komma zu trennen. »Er sieht was keiner sieht«; »Er redet was er denkt«, das sind nicht zwei Sätze oder Haupt- und Nebensatz die man durch ein Komma zu trennen Anlaß hätte, sondern das ist in jedem Falle ein Satz und das Objekt bedankt sich dafür, nicht dabei sein zu dürfen.

Wenn man also die deutsche Sprache daraufhin ansieht was sie durch die Zeichensetzung die heute die allgemeine ist verliert, so wird man sparsam damit umgehen. »Die Sonne ist ein Gott der lacht« ist eine einheitliche Vorstellung deren Einheitlichkeit, Anschaulichkeit und Sinn vollständig zerstört werden wenn (wie die Schule vorschreibt) geschrieben wird: Die Sonne ist ein Gott, der lacht. »L'homme qui rit« ist der Titel eines Romans von Victor Hugo. »Die erste ernste Gefahr«, »Das große letzte Schweigen« ist etwas ganz anderes als »Die erste, ernste Gefahr« oder »Das große, letzte Schweigen«. Diese schöne und richtige Unterscheidung, die das gesprochene Wort leicht andeutet und sich bewahrt, soll durch eine sinnlose Zeichensetzung unmöglich gemacht und zerstört werden? – »Er stürzte weil er getroffen war«; dagegen wäre ganz sinngemäß: »Er stürzte, weil Müde beim kleinsten Widerstand stürzen, in das hohe dichte Gras«; wobei im ersteren Beispiel eine unmittelbare Folge erzählt, im zweiten eine allgemeine Begründung zum Ausdruck gebracht würde.

Ebenso sinnlos (im allgemeinen) ist die engstirnige Regel, es müsse vor »und« ein Komma gesetzt werden wenn das Subjekt wechsele, also zwei Sätze durch das conjunktive »und« verbunden sind. Wozu? Der zweite Satz führt sich mit seinem neuen Subjekt ja schon genugsam und selbständig ein. »Du bist der Herr und ich der Knecht« – in diese ganz besonders durch den Ausdruck gestraffte Beziehung bringt der Schulmeister die schematische Auflockerung und Trennung durch ein zerstörendes Komma.

Man wird vielleicht sagen, wir hätten die Regeln der Zeichensetzung, wie sie in den Schulen gelehrt, in Büchern und Zeitungen gehandhabt würden, nun einmal und das werde seinen guten Grund haben. Mit nichten! es hat einen sehr schlechten Grund. Es hat seinen Grund darin daß nach dem Dreißigjährigen

Krieg, als beinahe jedes Gefühl für die Würde unserer Sprache und unseres Volkstums ausgelöscht war, die deutsche Schriftsprache den Kanzlisten anvertraut war und deren Sprache, als von den Höfen stammend, nach rechter Untertanenweise für die feinste, bei dem Fürsten wohl gelittene und anerkannte galt. Diese Sprachkünstler bauten die geschachtelten Sätze; und Schachteln brauchen Scheidewände.

Auch rein äußerlich ist ein von überflüssiger Menge der Kommata heimgesuchter Druck, wenn man diese kleinen Zeichen nur erst einmal recht entdeckt hat, ein wirklicher Greuel. Wie Ungeziefer, das sich dem arglosen Auge verbirgt, das aber wenn man es einmal ins Auge gefaßt hat überall erscheint, wimmeln diese Parasiten zwischen den Worten. Nur wer einen von ihnen gereinigten Druck als Gegenstück betrachtet, wird sehen welchem Augenfraß er für gewöhnlich ausgesetzt ist.

Mag man dies als Nebensache betrachten – hauptsächlich ist mir daß der Bau der Sprache ungehemmt sich aufrichte und daß die sinnvollen Worte die die Sprache selber erfand um sich zu gliedern nicht durch den Un-Sinn von Zeichen ersetzt oder verdoppelt werden die unfähig sind die Stelle eines Bauelementes zu vertreten. Fordern wir doch von dem Zeichen das zwischen den Worten steht daß es einem inneren Sinn der Rede diene; daß es in Anhalten, ein Trennen (,) eine Pause (;) ein Ende (.) eine Zusammenfassung (:) oder ähnliches nach dem Willen und Gefühl des Schreibenden bedeute. Ein Lesezeichen ist in Stilausdruck; nicht eine Gleichgültigkeit, eine Eselsbrücken oder ein Geländer das man einem Satzbau anlegen muß damit er nicht auseinanderfalle.

Die Schullehrer werden sich sträuben? – Sie sollten es nicht tun. Nichts wäre einfacher und sinnvoller als dem Schüler – statt eines »Normalreglements« das man nicht begreift sondern gefälligst auswendig lernen muß – zu sagen: wo du etwas trennen willst (oder wo etwas getrennt werden soll) setze ein Komma; wo du eine Pause im Satz machen willst und dennoch fortfahren setze ein Semikolon; wo du ein Ende machen willst setze einen Punkt; wo du etwas zusammenfassen willst setze einen Doppelpunkt.